废名

废名 著

想象的雨不湿人

浙江文艺出版社
Zhejiang Literature & Art Publishing House

图书在版编目(CIP)数据

废名：想象的雨不湿人 / 废名著. —杭州：浙江
文艺出版社，2024.6
ISBN 978-7-5339-7535-7

Ⅰ.①废…　Ⅱ.①废…　Ⅲ.①散文集—中国—当
代　Ⅳ.①I267

中国国家版本馆 CIP 数据核字(2024)第 054026 号

统　　筹　王晓乐　　　　　　封面设计　广　岛
责任编辑　邓东山　许龚燕　　封面插画　Stano
责任校对　唐　娇　　　　　　营销编辑　张恩惠
责任印制　吴春娟　　　　　　数字编辑　姜梦冉　诸婧琦

废名：想象的雨不湿人

废名 著

出版发行　浙江文艺出版社
地　　址　杭州市环城北路 177 号
邮　　编　310006
电　　话　0571-85176953(总编办)
　　　　　0571-85152727(市场部)
制　　版　杭州天一图文制作有限公司
印　　刷　杭州丰源印刷有限公司
开　　本　880 毫米×1230 毫米　1/32
字　　数　122 千字
印　　张　7
插　　页　2
版　　次　2024 年 6 月第 1 版
印　　次　2024 年 6 月第 1 次印刷
书　　号　ISBN 978-7-5339-7535-7
定　　价　39.80 元

出版说明

　　自五四新文化运动以来，中国文学面目一新。在中西方文化的碰撞与融合中，小说、诗歌、戏剧等文学形式完成蜕变与新生，而散文以其自由自在的天性，踵事增华，其成果蔚为大观。

　　郁达夫认为，较之古代的"文"，现代中国散文有三点特异之处，即"'个人'的发见""内容范围的扩大""人性，社会性，与大自然的调和"（《中国新文学大系·散文二集·导言》）。散文家们兼收并蓄，将万事万物融于一心，"以我手写我口"，取径不同，或叙事、抒情、议论，或写人、描景、状物；风格各异，或蕴藉、洗练、飞扬，或磅礴、绮丽、缜密。就应用而言，以学识、阅历、心境为核心的小品文，以小见大，言近旨远，张扬个人性情；以观察、讽刺、同情为底色的杂文，见微知著，刚柔相济，召唤战斗精神……种种流派，非止一端。

　　为了给当代读者提供一套选目得当、编校精良的散文选本，我们推出"名家散文"系列，从灿若星辰的中国现代散文家中遴选出一批作者，精选其散文创作中的经典作品，结集成册，以飨读者，或可视作对百年现代中国散文的一次阶段性回顾与总结。我们相信，尽管这些作品产生的背景千差万别，但其呈现的智识与感性、追求与希冀，是跨越时空而能与读者共鸣的。我们也相信，经典之所以为经典，因其经得起时间的汰洗，这里的文章，初读，是迎面撞上万千世界，吉光片羽，亦足珍惜；再读，则是与无数智者的重逢，向内发现自己，向外发现众生。

文学的历史同时也是一部语言文字的历史，而汉语的标准化也随着时间的推移不断地演变、更新。五四白话文运动以来，文学语言流动而多变，呈现出丰富和复杂的样貌。文字、词汇、语法的繁芜丛杂背后，是思想文化的多元与活跃，也是作家不同审美取向和个人风格的展现。因此，我们在编辑过程中尽量尊重文章原刊或初版时的面貌，使读者能够感受到语言的时代特色，比如"的""地""底"共存的现象。同时，考虑到读者尤其是学生的阅读需求，我们按当下的规范做了有限度的修订。

编辑出版工作中难免存在不足之处，热忱欢迎广大读者批评指正。

浙江文艺出版社

目 录

往日记

三竿两竿

立斋谈话

往日记

人类有记忆，记忆之美，应莫如柴火。

往日记

在这个题目之下，我想将我儿时的事情就其所记得的记下来。为什么呢？这样或者可以不假思索而有稿子，捏起笔来记得一点写一点，没有别的。大凡回忆类的小说，虽是写过去的事，而实是当时的心情，我这个不然，因为它不是小说，是一种记录，着重于事实，绝不加以渲染，或者可以供研究儿童心理者去参考。另外却还有一点意思，就是，我向来以为一个人的儿童生活状态影响于他的将来非常大，我们这一批将近三十岁的人原来是在旧时代当中做孩子过来的，这是一件有意义的事。今日的孩童，生在同样的地域，等他有朝一日来看我的这些过去的日记，真不知道话的是那朝事也，他们当然也就不要看这些东西。

十九年十月十七日

一

我记得我第一次我一个人出城过桥的样子。大概是六岁的光景，想来总不能再小，确是不致于更大，因为我六岁上大病一次，不像这次病后的事情了。我的外祖母家距我家不过三里，我家住在城里，出城去一共要过三次桥。从小我惯在外祖母家，第一次没有大人带我，我独自走去，一个很好的三四月天气，那天上午，我的姐姐做了什么活计，好像是一双鞋，对我笑道："你能把这个东西送到外祖母家去吗？"我喜欢得了不得，连忙说能，而且一定要姐姐让我送去，姐姐就让我去了。我记得我一个人出城走路很得意，真是仿佛顶天立地的样子，一共要过三座桥，第一、第三不记得，第二桥名叫"清石板桥"，在这三道河中，水最深，桥是石建的，没有可扶手处（第一桥有铁丝可扶），我走在当中那个害怕的样子，我记得，及至一脚跨过去了，其欢喜真是无比。然而到了外祖母家，记得外祖母不在家，大家并不怎样稀奇，我自以为是一件奇事，我一个人走到这里来了，所以当下那个冷落的样儿我也记得。比这一回更以前的我的姐姐的样子我也不记得。

二

由我家往外祖母家第三座桥名叫"马头桥"，马头桥也就是一个小市，我的姨母家就在这里。我从小也总在我的姨母家玩。马头桥的一头，河坝上，有一棵树我至今不晓得是什么树，有一天我一个人在桥头玩，忽然看见树顶上有两个果子，颜色甚红，我觉得橘子没有那样红，枇杷也没有那样红，大小倒是那样大小，我站在树脚下仰望不已，我没有法子把它弄下来，我真是想得很。我至今总仿佛有两颗红果在一棵树上。我无论在那里看见什么树结着红色的果实，我就想起那两颗红果来了，但总比不上它的颜色红，那真是红极了。

三

故乡很少有荷花，其实什么花都不多见，只是我喜欢看池塘里长出来的荷花与叶，所以我格外觉得这个好东西少有了。外祖母家门口便是一口塘，但并不年年长荷花，有的年头也长，那这一年我真是异景天开，喜欢的了不得，此刻我便浮现了我的那个小小的影儿站在那个荷塘岸上。我真想下水去摘一朵花起来，连茎带叶捏在手上玩，我也把那个长着刺的绿茎爱得出奇。我记得我在我的故乡还没有捏过荷花，我也没有告诉别人过说我爱荷花，只是自己暗地里那么的想得出神。

四

我小时是喜欢说话的，所以我的姨母曾经叫我叫"满嘴"。我又爱撒谎，总之我是一个最调皮的孩子，这个调皮又并不怎么见得天真，简直是一个坏孩子，对于什么都有主意，能干。然而在许多事情上面我真好像一个哑巴，那么深深的自己感着欢喜。我最喜欢放牛，可是我没有一次要求过让我牵牛去放，我总在坝上看他们放牛。有一回，记得是长工放牛回来的时候，我要他让我骑牛玩，我以为这一定是很容易的事，立刻我就骑上去，走不上几步我却从牛背上摔下来了，那个欢喜后的失意情境，还记得。上面说过，外祖母家门口有一口塘，黄昏时牵牛喝水，也是我最喜欢的事，我记得有时也由我牵到塘沿去喝，此刻那牛仿佛还记得，黄昏底下自己牵绳默默站在水上那个样也隐约记得。

五

有一样花，我至今不晓得叫什么花，我也没有法子形容，但在我的记忆里真是新鲜极了，太好看。我只能说它是深红颜色，花须甚多，蓬起来好像一把伞，柄也很长，也真像一个伞柄，是野花，我记得是我一个人走在坂里，满坂的庄稼，我一个小孩子在当中走，迎面来了一个人，什么人我不记得了，他捏了好几柄这个花，一一给我，我一一接在手上，举起来，又从地中走回，那个欢喜真是利害。后来我常常想到这个欢喜，想到这个花，想回到故乡去一看。有一回回家，忽然问我的妻："在你们家里那个花叫做什么花呢？"不知不觉的做了一个手势，说不出所以然来，真是窘哩。妻也窘。

六

我最喜欢看棕榈树，爱它那个伞样儿，爱它那个绿。这样的绿色我都喜欢看，好比喜欢看橘树叶子，喜欢看枇杷的叶子。我的外祖母家有一棵橘树，长在颇高的一个台阶之下，结了橘子我们站在阶上伸手攀折得够，但这棵橘树并不爱结橘子，结的橘子也不大，所以我们常常拿了棍子站在树脚下轻轻的打它，口里说着"你结橘子吗？你结橘子吗？"大人告诉我们这样打它它明年就结橘子。这棵橘树二十年来是早没有了，那个我喜欢上上下下的十几步石阶也没有了，房子是完全改变了样子，但原来的那个样儿我新鲜的记得。

七

故乡没有老玉米这个东西，有之也甚小，大家都当它玩意儿，在我那简直是一个宝贝了，一定要把它给我。在外祖母家有时我便得着它，我真爱它，我觉得再没有比它可爱的了。所以我到北京来，看见老玉米，虽然明知道同那就是一个东西，然而我总觉得这那里是我所爱的那个。那简直不能拿别的什么同它比，叫我选择，只好说它是整个的一个生命。儿时的欢喜直是令人想不通。在故乡不叫玉米，叫的那两个字我写不上来。我记得都是紫红色，我总觉得它是一个小宝塔。小米我们也轻易吃不着，记不得有一回在什么地方看见人家吃小米白薯粥，总之是在乡下过路，一个人家门前路过，我真是喜欢得什么似的。我们住在上乡，可以说是山乡，下乡则是水乡，在那里小米却是很普遍的一种杂粮，我们小孩子当然不知道，每年冬天，下乡人有挑了"粟米糖"上县城来卖的，我一看见那个卖糖的坐在城脚下像专门来晒日黄似的坐在那里卖粟米糖，我真觉得日子从今天又过一个新日子了，心想这是从那里来的，喜欢得什么似的。然而我很少吃得这个粟米糖，真是寂寞得很，我也没有同人家讲，我在我自己家里很不被优待，仿佛是多余的一个小孩子似的，因为系一个大家庭，我的祖父在我是一个小孩子时格外的讨厌我，到了我长大了他老人家却是器重我得很。那个卖粟米糖的不知怎的年年总在城门外那块石头上面坐着卖。或者真是因为晒日黄的原故。我看见的时候总在清早，这个城门名叫"小南门"，面是正向东。那时我们就靠着小南门住家。年年是不是就是那一个人来卖，我记得我没有留心，总之我只觉得卖粟米糖的来了，那个粟米糖真是令我喜欢，有时冷冷的对我的母亲说一句："卖粟米糖的来了。"我的母亲那时在一个大家庭里很是一个不幸的母亲，身体又不好，简直顾不得我们，总是叫我们上外祖母家去。我也吃过粟米糖，记不得是谁买给我的，或者是我自己偷了父亲的钱来买的也未可知。我小时在自己家里大人不给我钱，常是自己偷父亲的钱。我记得大人家的意见似乎是说"芝麻糖"好吃，粟米糖不好吃，我则总是觉得粟米糖好，怀着这个欢喜没有同人说。

看　树

　　我生平喜欢看树，年既老而不衰。我说树，自然而然的指定它是一棵大树，而且并不想到它是可以成为森林的，喜欢看它一棵，其所谓连林人不觉，独树众乃奇乎，我本来就很少在众树之下走过路，特别是从小的时候，所以简直就没有一个森林的印象。只是花之树，则常是独自稀奇，我在一个地方一个杏林里看见好几百棵红杏枝头了，但这还只能算是看花，不算看树，我看花最是喜欢一眼看不尽的，所谓走马观花是也。

　　七八岁的时候，同着族人一路下乡"做重阳"，"做重阳"就是重阳祭祖也，在离家十五里的一个村镇看见一棵大树，是我生平看见的最大的一棵树，至今也不晓得叫什么树，后来当然看见过更大的树，因为我们乡里是不会生长了不起的大树的，但在我的记忆里确是以它为最大了，至今想起来还是喜欢得出奇。在外祖母的"圩"里，有一棵桑树，四围尽是稻田，它是长在一块种了菜的旱地之上，从坝上望下去只有它是一棵树了，我很爱，但我没有爬上去摘过它的叶子，却从树脚下拾了桑葚吃，我看了别的孩子朋友一爬就爬上去了，心里甚是羡慕，简直就寂寞得很。

三年以前，暑假回家，坐篷船，渡"白湖"，除了荡船的就只有我一人，我背着他坐在篷里，只看见水，水又似乎没有岸，我就仿佛坐在监牢里似的，度日如年，只要让我上岸就好，不管是什么地方，忽然水外看见山，很小的山，而又看见山上一棵树，渐渐我的天地就只有这一棵树，觉得很好玩，船一桨一桨的移动，那个弓形的篷口慢慢只能让我看见那一棵树了。

无花之古树与看花不同，而古树开花也与看花不同，别有意思，我也最喜欢看，我所看见的只是西山卧佛寺两棵楸树，后来又在平则门外钓鱼台看见过，远不如卧佛寺的大罢了。去年夏间上八大处，道旁看见一棵古松牵挂着许多凌霄花，很是好看，凌霄花的颜色真是应该挂在松树上。我本不晓得这个花的名字，同游者告诉我的。小时看见的金银花，也都是挂在大树之上，常是一个人跑到坝上寻金银花，望见它挂在树上自己也只是站在树下不动，因为我一点也不会上树。

父亲做小孩子的时候

　　民国二十八年秋季我在黄梅县小学教国语，那时交通隔绝，没有教科书，深感教材困难，同时社会上还是《古文观止》有势力，我个人简直奈他不何。于是我想自己写些文章给小孩们看，总题目为"父亲做小孩子的时候"。这是我的诚意，也是我的战略，因为这些文章我是叫我自己的小孩子看的，你能禁止我不写白话文给我自己的小孩子看吗？孰知小学国语教师只做了一个学期功课，又太忙写了一篇文章就没写了，而且我知道这篇文章是失败的，因为小学生看不懂。后来我在县初中教英语，有许多学生又另外从我学国文，这时旧的初中教科书渐渐发现了，我乃注意到中

013

学教科书里头有好些文章可以给学生读，比我自己来写要事半功倍得多，于是我这里借一种，那里借一种，差不多终日为他们找教科书选文章。我选文章时的心情，当得起大公无私，觉得自己的文章当初不该那样写，除了《桥》里头有数篇可取外，没有一篇敢保荐给自己的小孩子看，这不是自己的一个大失吗？做了这么的一个文学家能不惶恐吗？而别人的文章确是有好的，我只可惜他们都太写少了，如今这些少数的文章应该是怎样的可贵呵，从我一个做教师与做父亲的眼光看来。现在我还想将"父亲做小孩子的时候"继续写下去，文章未必能如自己所理想的，我理想的是要小孩子喜欢读，容易读，内容则一定不差，有当作家训的意思。《五祖寺》这一篇是二十八年写的，希望以后写得好些，不要显得"庄严"相。

三十五年十一月八日废名记于北平

五祖寺

现在我住的地方离五祖寺不过五里路，在我来到这里的第二天我已经约了两位朋友到五祖寺游玩过了。大人们做事真容易，高兴到那里去就到那里去！我说这话是同情于一个小孩子，便是我自己做小孩子的时候。真的，我以一个大人来游五祖寺，大约有三次，每回在我一步登高之际，不觉而回首望远，总很有一个骄傲，仿佛是自主做事的快乐，小孩子所欣羡不来的了。这个快乐的情形，在我做教师的时候也相似感到，比如有时告假便告假，只要自己开口说一句话，记得做小学生的时候总觉得告假是一件很不容易的事了。总之我以一个大人总常常同情于小孩子，尤其是我自己做小孩子的时候——因之也常常觉得成人的不幸，凡事应该知道临深履薄的戒惧了，自己作主是很不容易的。因之我又常常羡慕我自己做小孩时的心境，那真是可以赞美的，在一般的世界里，自己那么的繁荣自己那么的廉贞了。五祖寺是我小时所想去的地方，在大人从四祖、五祖回来带了喇叭、木鱼给我们的时候，幼稚的心灵，四祖寺、五祖寺真是心向往之，五祖寺又更是那么的有名，天气晴朗站在城上可以望得见那个庙那个山了。从县城到五祖山脚下有二十五里，从山脚下到庙里有五里。这么远的距离，那时我，一个小孩子，自己知道到五祖寺去玩是不可能的了。然而有一回做梦一般的真个走到五祖寺的山脚下来了，大人们带我到五祖寺来进香，而五祖寺在我竟是过门不入。这个，也不使我觉得奇怪，为什么不带我到山上去呢？也不觉得怅惘。只是我一个小孩子在一天门的茶铺里等候着，尚被系坐在车子上未解放下来，心里确是有点孤寂了。最后望见外祖母，母亲姊姊从那个山路上下来了，又回到我们这个茶铺所在的人间街上来了（我真仿佛他们好容易是从天上下来），甚是喜悦。我，一个小孩子，似乎记得始终没有说一句话。到现在那件过门不入的事情，似乎还是没有话可说，即是说没有质问大人们为什么不带我上山去的意思，过门不入也是一个圆满，其圆满真仿佛是一个人间的圆满，就在这里为止也一点没有缺欠。所以我先前说我在茶铺里坐在车上望着大人们从山上下来好像从天上下来，是一个实在的感觉。那时我满了六岁，已经上学了，所以寄放在一天门的原故，大约是到五祖寺来进香小孩子们普遍的情形，因为山上的路车子不能上去！只好在山脚下茶铺里等着。或者是我个人特别的情形亦未可知，因为我记得那时我是大病初愈，还不能好好的走路，外祖母之来五祖寺进香乃是为我求福了，不能好好走路的小孩子便不能跟大人一路到山上，故寄放在一天门。不论为什么原故，其实没有关系，因为我已经说明了，那时我一个小孩子便没有质问的意思，叫我在这里等着就在这里等着了。这个忍耐之德，是我的好处。最可赞美的，他忍耐着他不觉苦恼，忍耐又给了他许多涵养，因为我，一个小孩子，每每在这里自己游戏了，到长大之后也就在这里生了许多记忆。现在我总觉得到五祖寺进香是一个奇迹，仿佛昼与夜似的完全，一天门以上乃是我的夜之神秘了。这个夜真是给了我一个很好的记忆。后来我在济南千佛山游玩，走到一个小庙之前白墙上横写着一天门三个字，我很觉得新鲜，"一天门?"真的我这时乃看见一天门三个字这么个写法，儿时听惯了这个名字，没想到这个名字应该怎么写了。原来这里也有一天门，我以为一天门只在我们家乡五祖寺了。然而一天门总还在五祖寺，以后我总仿佛"一天门"三个字写在一个悬空的地方，这个地方便是我记忆里的一天门了。我记忆里的一天门其实什么也不记得，真仿佛是一个夜了。今年我自从来到停前之后，打一天门经过了好几回，一天门的街道是个什么样子我曾留心看过，但这个一天门也还是与我那个一天门全不相干，我自己好笑了。写到这里，我想起了二天门。今年四月里，我在多云山一个亲戚家里住，一天约了几个人到五祖寺游玩，走进一天门，觉得不像，也就算了，但由一天门上山的那个路我仿佛记得是如此，因此我很喜欢的上着这个路，一直走到二天门，石径之间一个小白屋，上面写"二天门"，大约因为一天门没有写着一天门的原故，故我，一个大人，对于这个二天门很表示着友爱了，见了这个数目字很感着有趣，仿佛是第一回明白一个"一"字又一个"二"字那么好玩。我记得小时读"一去二三里，烟村四五家，楼台六七座，八九十枝花"，起初只是唱着和着罢了，有一天忽然觉着这里头有一二三四五六七八九十，十个字，乃拾得一个很大的喜悦，不过那个喜悦甚是繁华，虽然只是喜欢那几个数目字，实在是仿佛喜欢一天的星，一春的花；这回喜欢"二天门"，乃是喜欢数目字而已，至多不过旧雨重逢的样子，没有另外的儿童世界了。后来我在二天门休息了不小的工夫，那里等于一个凉亭，半山之上，对于上山的人好像简单一把扇子那么可爱。

那么儿时的五祖寺其实乃与五祖寺毫不相干，然而我喜欢写五祖寺这个题目。我喜欢这个题目的原故，恐怕还因为五祖寺的归途。到现在我也总是记得五祖寺的归途，其实并没有记住什么，仿佛记得天气，记得路上有许多桥，记得沙子的路。一个小孩子，坐在车上，我记得他同大人们没有说话，他那么沉默着，喜欢过着木桥，这个木桥后来乃像一个影子的桥，它那么的没有缺点，永远在一个路上。稍大读《西厢记》，喜欢"四围山色中，一鞭残照里"两句，也便是唤起了五祖寺归途的记忆，不过小孩子的"残照"乃是朝阳的憧憬罢了。因此那时也懂得读书的快乐。我真要写当时的情景其实写不出，我的这个好题目乃等于交一份白卷了。

寄友人J.T.

今天突然接到你的一封信。当我还没有展开，看了信面的字迹同寄者的姓氏，好像初春时分第一次听到了雷声，心想，可不是J.T.吗？

十年来，天涯地角，全凭一种力——深深藏在我们的心，偷了空儿便自自然然从彼此的心窝放射出来的一种力摄引着。这么几行字！为什么飞来这么几行字呢？弦本是紧张着，猛的一摸擦，动弹得不容易静止！我不得不想，你是怎样的不能够不写呵！

你原来寄住在一位朋友的家里。

我偶然回乡，不在严寒，便在酷暑。是四年前罢，正月初三，我同我的弟弟经过你的门口，弟弟昂起头来对我笑，这不是同哥哥一路踢毽子，我笑他手里提着酒壶必定会输给哥哥的 J. T. 哥哥的家吗？我问弟弟近来街上会着 J. T. 哥哥没有，朝门口便走出来你的继母同你曾经告诉我你最是恼而仍不得不喊着姐姐的那位姑娘。我问她们，哥儿呢？回答是，不在这里。我见了她们的冷淡的神气，把我为你抱不平，埋怨你不私地告诉你的爸爸的孩子时的怒愤，又回复起来了。但也气你，虽然爸爸死了，毕竟是男子汉，为什么让别人站在自己爸爸的华屋门口不热心于爸爸的唯一娇儿的朋友的询问呢？然而在当时似乎还没有留心到你的住处的问题了。

那天是除夕后第一节日，自然是初七，我从我叔叔家赴宴回来，远远望见耍戏场的那边，同我一样方向走着一个少年——是 J. T.？是！我大概已经站住了。你穿的是看去好像短褂的长衫，却不现得宽松，令我安心：棉袍是穿着的。我待要喊，你已转弯了。快一点步子，马上也可以赶上，然而我竟慢慢的走——记不清楚，也许是站着未动。

那时我是怎样羡妒你呵：我是 J. T.，J. T. 是我，那才好哩。我五六岁，你自然是七八岁，端阳节，我们许多小孩约到城外去逛，这其中只有你穿的是绿纺绸长衫，其余的穿着漂白竹布裤褂，便算顶阔。你的父亲担心我们欺负你，恭维我们，贿赂我们，我们走近城门，他还站在那儿望。

我望着你走了。什么时候到家，我不记得。晚上我们家人团在一块儿喝酒，我的母亲问我，焱儿，怎的不作声？至今还如昨日事。

离家前一晚，我同我的妻出外散步。走到南门拐角，我站住了！这不是我们最得意的调弄的所在吗？我走进临城的一间屋，还提防有狗咬我。迎面是我记忆里那人的长兄，我说，请问，J. T. 现在……不待我说完，他已有了干脆的回答，我也懒洋洋的掉转头了。这回不愤怒，只奇怪，这是应该知道的！……我的妻很窘的笑我：惯于这样没来由的行动！我说，妻呵，你不知道我的心事，这是我的朋友的妻的家，那时我们都是小孩，常是同他窥伺他的妻，等到两匹狗猁猁的吠来，我们才一溜烟跑哩。

你原来寄住在一位朋友的家里。

你还记得罢，十二年前，我们三个十岁上下的英雄，我和你，另外是我的堂兄，得了武昌革命的消息，决议贡献我们的小头颅——当时还不以为小，方法是应募童子军，最费踌躇的要算路费。我的主意最多，你是有钱的，吩咐你到爸爸的钱柜里去偷，而且典当项带的银圈，我同我的堂兄也各就能力去筹。动身那一天，我同我的堂兄已经筹好了票钱五千，站在你屋旁的草原等候——隔夜这么约着。我愤极了，往返你的门口，连你的影子也瞧不见，终于是我两人走，说你不足与谋——其实这时已经气馁，不得不走的，是不奈何那五张大票。走到离城十里远远望见船埠的沙滩，我同我的堂兄面对面坐着歇息了。而我像是被一只鹰挟着飞到半空忽然又抛掉快要落下了！我大声号哭了！结果自然是循原路走回，把适才预备路用的糕点，尽腹一饱。你羞于见我同我的堂兄，然而我们原谅你，你的爸爸不比我们的动不动打骂。

现在，我的堂兄终日站在柜台打算盘。我呢，你来信问我有什么权利享受你所不能享受的一切；不错，我住在高贵的学校，伴在俊秀的青年，享受你所不能享受的一切！但是朋友呵，每当黄昏，暂时离开一日的激恼，对着镜子喘息，常是这样想哩：J.T.倒好！

你将板起暂白可爱的面孔——现在也许变了，顿着两脚：你也嘲弄我！不，决不，我实在是这样想呵：只有孤儿是最有福——爸爸被捉去了，再没有人比他更受欺侮，他只有哭。是呵，这哭，这哭便是我痴心羡慕的东西！哭而感到凄凉罢，怯弱罢，世间上那有比凄凉怯弱更是好过的日子呢？一个人没有衣穿，只可怜自己的冷；一个人没有饭吃，只可怜自己的饿；到处感到人的无礼，然而也乐于人的顾盼：这是多么好过的日子呀。

我是可怜的，人是幸福的——我也曾这么宽慰自己。

倘若不再往下想，那才好呵！我可怜吗？我并不缺欠什么，我的肚子装得满满。人幸福吗？想到幸福便替他们战栗——其实他们也不稀罕我，好像真个幸福！我气闷呵，有没有这样的扇子，可以借给我一点凉风呢？

你将平心听我的话，心想，也许如此。到底是怎样呢，笼统的说着总不行——你将追问。这可对你不起。我正在写这信的前半，很恬静，很舒服，一提到自己，我的心便不属我了！虽然也想把他捉住，越用力却越是跑得远远，而且不是循着直线跑！总之，我羡慕哭，我的眼睛干得发烧；我幻想我是一个孤儿，孤儿只可怜自己。你是孤儿，你却气愤我，气愤我的地位比你好！我好的是什么呢？悲哀呵，为人而悲哀呵。我的肩膀是无力的；那担子，那别人的笑颜，别人的话声，都一秒一秒的来增加重量的担子是不知何时止的。有一日，我将从梦里向你哭，说我已经死了，我压不过倒在地下死了，那么，我也许清凉罢！而你也许后悔：气愤我是不该的罢。

望着一定的战场，贡献我们的头颅，那是我们的英雄行为呵。我记是记着的，然而杀敌斩将也只是游戏一般的快意，跑到那里去了呢？

一九二三，九，十七

忘记了的日记

　　我在去年六月里决定要写日记，写了不过十天却没有写下去了。今天拿出来看，自己觉得喜欢，把他发表出来。有几节我想拿来做别的文章的材料则不发表。

　　　　　　　　　　　　　　一九二七年四月十二日

日记前面的几行字：

我预备将来写某一种东西，开始做日记。我在过去的四年之内，有种种不同的心情，想起来很爱惜，越幼稚，"不洁净"，越爱惜得利害，可惜有许多现在已经捉不住了。

一九二六年

今天接到弟弟的来信，称我是天才，也觉得很欢喜。

六月一日

赚得全世界，空虚了自己。

同日

想起了许多往事，很羞，又很难过。陶诗云："……行行停出门，还坐更自思。不畏道里长，但畏人我欺。万一不合意，永为世笑蚩……"真使我下泪。

六月三日

终日忙碌的剃头的，举起拳头装着要打他的同伙，一面又破声而笑，我见了很欢喜。又令我记起了一个厨子，他有辫子，见了我总是笑。这样的人有福。

路上又碰见两个背大粪的，彼此点头问好。

六月四日

公园路上，一个姑娘低头看一阵蚂蚁，她的同伴好几个，催她走，说她没有事干，她答："你们有什么事干？反正不是来玩的？"她的话说得真好听。

同日

睡午觉起来，想写文章，写不成。当了五毛钱的当，逛北海。

六月十日

水果铺门口不上三十岁的女人把奶给孩子吃，我真想走慢一点，瞧一瞧那奶。

走进北海，墙上失物登记的牌子，第一行：拾得戒指一枚。我隐隐听得见我心上陡起的念头："戒指！怎么我总没有碰见？"随又笑了。

白白的花了我五十枚铜子，很少有女人，更说不上好看的，脑子里又七想八想，不像平日悠闲，走不上一圈出来。

到什刹海，过小木桥，想起儿时见了桥是怎样的欢喜。倘若把儿时所欢喜的事物一一追记下来，当是一件有趣的事。

同日逛北海之后记

从昨天起，我不要我那名字，起一个名字，就叫做废名。我在这四年以内，真是蜕了不少的壳，最近一年尤其蜕得古怪，就把昨天当个纪念日子罢。

同日

不好看的相识的女人，今天碰见两次。

同日

晚餐，叫了一个蒲蛋汤，算账的时候叫菜的伙计到那边去了，掌柜的来算，我想说是木须汤，要少十二个铜子，又怕回头识破了，还是说蒲蛋汤。

六月十一日

我近来本不打算出去，出去也只随便到什么游玩的地方玩玩，昨天读了《语丝》八十七期鲁迅的《马上支日记》，实在觉得他笑得苦。尤其使得我苦而痛的，我日来所写的都是太平天下的故事，而他玩笑似的赤着脚在这荆棘道上踏。又莫明其妙的这样想：倘若他枪毙了，我一定去看护他的尸首而枪毙。于是乎想到他那里去玩玩，又怕他在睡觉，我去耽误他，转念到八道湾。

同日

八十七期《语丝》不在手边，好像记得鲁迅先生这个《马上支日记》是谈"蚩尤赤化"的。

誊写时附记

我也不知道乱花了多少钱，说买一个打蝇子的拍子总舍不得买，天天用手来打。

六月十二日

偷了S的一根烟吃。他很舍不得他的烟——我也实在不情愿他来拿我的。

同日

有些事我还不敢写出来，"不洁净"的事，仿佛觉得写出来不大美，但我自己知道，而且可怜我，这是我做过的。我也原恕我这个不写出来的心情。

同日

从二月起就想买一双漂亮的鞋子，今天买了。我有一个脾气，写文章的时候，要桌上抹得干净，衣服穿得整齐，鞋子、袜，越中意越好，倘若是洗澡之后，那就更高兴爽快。稿子纸，也要自己觉得合式。但今天买这一双鞋，一半还是为得碰了好看的女人可以不躲避，尽量的看。有一天我在大路上走，远远望见一个最好看的女人，我只得肃静回避，实在是憾事。

六月十四日

我从前很幼稚的怕将来没有饭吃，而且很认真的这样想。我现在实在爱惜我那时的心情，虽然我已经不同了，"狐狸有洞，天上的鸟有窠，人子没有枕头的地方"，并不认真的这样想，而自然的点头。

同日

我爱女人，但似乎并不怎样想同那一个女人结识。"情愿不自由，也是自由了。"胡适之这句话倒还有意思。

同日

天下文章皆我之文章，我现在实有此感。但我又觉得可哀，我还年青得很，怎的如此？我见了年青的人彼此相骂或相捧，很以为是好玩的事，可喜。

同日

我的哥哥了解我。我有一回在家里发脾气，他问我："我看你做的文章非常温和，而性情非常急躁。"这是真的，我一时不能作答。

同日

这一节日记反面写了这样的字：
我的哥哥，我爱你爱得要死！

十月十一日，武昌解围之后，

补这两句，纪念我的哥哥

黄梅初级中学同学录序三篇

民国二十八年秋，黄梅县小学在山里头恢复开学，我在停古乡金家寨第二小学做教师。二十九年春二小迁移，金家寨改为县初级中学校址，县初中又恢复开学，我乃为县中学英语教师。后来中学校址屡迁，我继续任教，直到三十四年春因校舍不能集中，管教困难，学生赌博，我觉得事无可为而辞职。我在中学里经过了三班学生毕业，在毕业的时候，学生自办同学录，要我写序，最初两班我毫不推辞写了，到了三十三年冬季毕业的那一班我则不肯写，我说："你们在校赌博，不听师长教训，我且要离职，决不写什么同学录序。"我拒绝再三，后来他们当中有一位同学说："我们以前错了，现在我们确是知道错，请先生还认我们是学生。"我为此言所感动，连忙也就替他们写了。我于次年春离去县中学，得以有工夫写成拙著《阿赖耶识论》。现在我将这三篇同学录序放在这里发表，或者亦不无意义。

三十五年十一月八日废名记于北平

一

古今做先生的莫如孔子，做学生的莫如孔子的学生。我这话仿佛说得很可笑，孔夫子还要你鼓吹么？其实不然。我们不要把"孔门"看得高了，看得高便等于空中楼阁，不是真面目。这是世人不懂得孔子的原故。我把孔子就当作我们学校里的先生一般，孔门弟子便是我们学校里的学生，一般的是师生生活，然后再来看这个先生怎么样，这个先生的学生怎么样，于是这里看见的是先生与学生的好模范，令人叹息不止。

在上课的时候，学生有时栽瞌睡，有时又躲在寝室里睡午觉，孔夫子的学生亦如此，于是先生大责骂一顿，《论语》所载宰予昼寝，正是这件事情的记录，我以为很有意思，令我们想象那个寝室里是什么情形，那个学生午睡怎么被孔夫子查出了，结果记一次大过。子路不耻恶衣，自己穿一件旧袍子同穿皮袍的阔人站在一起，我自有我的价值，而彼于我何加焉，我有什么可羞耻的地方呢？先生见着这个好学生，引一句诗赞美一番："不忮不求，何用不臧。"子路高兴极了，从此天天起来诵这一句诗，"不忮不求，何用不臧！不忮不求，何用不臧！"同我们乡里私塾学生背《诗经》一般，未免可笑，所以孔子叫他不要读，"你天天这么的读什么呢？百尺竿头你应该再进一步！"这些不正是我们师生之间普通的情形么？先生对于学生该是怎样的留心，孔子的学生也真是好学。有一回一个瞎子走进学校来了，先生搀着他，怕他摔跤，及阶说这是阶，及席说这是席，学生也都站起来了，又坐下去，这是谁，这是谁，一一介绍给他。孔子对于瞎子向来是讲礼的，他在路上走路遇见无目之人总要恭恭敬敬的尽了礼，只可惜瞎子不认得而且不晓得（因为他是瞎子！），这路上有一个人——我们现在称为圣人而在当时只是一个过路的人，对他尽礼罢了。现在有瞎子来校参观，等到他出门之后，学生见老师那么殷勤招待他，问老师是不是道理应该如此。老师告诉他们道理应该如此。这是孔门好学。我喜欢读《论语》，觉得它是世界上一部最好的学校日记。我回故乡，在中学教书三年，光阴过得很快，第七班同学将毕业，办同学录，要我写点文章作纪念。此事不提起则可，一提起在我却未免感慨系之。因为我平常总是觉得我们师生之间感情不够，切磋不够，这或者不是一个学校的情形如此，是今日一般学校的通病。我们何足以言分别呢？我常常想起《论语》一书，我爱孔夫子，爱孔夫子的学生，因为我是爱诸位同学的，我觉得对不起诸位同学，与诸同学相处三年，无一事足以当得起"教育"二字。而我本有心教诲子弟的，姑以此文作别后相思之资。

中华民国三十一年十二月二十一日

于黄梅五祖寺之观音堂

二

　　人总有一个留纪念的意思。所以庄周一派的旷达，总不能说是近人情。泰哥尔①《飞鸟集》有一章云，"愿生者有那不朽的爱，死者有那不朽的名"将此意说得最有情趣，令人觉得人生可敬可爱。中国人的生活总是那么的干燥无味，一般读书人的思想亦然，动不动以好名不好名来品评

---

① 泰哥尔，现通译为泰戈尔（1861—1941），印度著名诗人。——本书所有脚注均为编者注。

人，其实名是啥物事？好名又是啥物事？本着朴实的感情，好名怎么算得一件不好的事呢？生平或者身后留得好的名声，不正同我们愿被人怀念着是一样的心事么？人生虽短，令名则长，大丈夫真是应该流芳百世。孔子曰："君子疾没世而名不称焉。"孔子的话我相信同我是一般的老实，一般的说得人生之佳致哩。后来王阳明到底是三代以下的人物，思想便不免钻到牛角尖里面去了，将孔夫子的话要曲为之解，按他的意思圣人怎么说名誉呢？疾没世而名不称的称字应读若相称的称字，即是说恐怕死后自己的名誉太大了，实不足以当之。你看这是如何的煞风景。我平常看见游客们喜在名胜地方的墙壁上写下自己的名字，即如我们在五祖寺读书的时候有些同学在竹林里竹子上将自己的姓名与时日一起刻下，我觉得这未必是中国文士传统如此（传统自然也有关系），或者乃是人之常情。总之这些事没有受人嘲笑更没有受责备的理由，只要写得刻得有趣味便好了。既然是留名，自然更要讲公德，若是在不应该写字地方却大写而特写一番，弄得不堪入目，那是怪我们做先生的平日少训导，我们确是有爱惜名誉之必要。

在另一方面，中国人又很少有保存纪念的习惯，因此常常使人有文献不足征之感。即如五祖是我们黄梅的和尚，我们关于五祖比外乡人多知道些什么呢？我们找不出一片古物出来可以帮助我们做一点考证。民间传说虽有些，只是传说而已，不足以为历史。这是如何可惜的事。历史的材料，每每在当时是无心之物而给有心人保存着，保存到后代便是无价之宝。我们中国人何以如此的没有历史癖呢？这样我们能爱国吗？爱乡吗？听说满清时代黄梅开办高等小学，第一班毕业同学录有一位郑先生保存着一份，而这位郑先生是以迂腐著名的。我以为郑先生有可佩服之处，既然有同学录，为什么不应该保存它呢？你不保存它，当初为什么要这个东西呢？不是你自己胡闹么？不要以为一本同学录无足重轻，天下事的价值都不在事的本身，在乎做这事的一点心，便是敬其事之心。若就保存史料说，又正是国民的一种责任，这个责任心也正在这里表现着。县中学第八班同学毕业，办同学录，叫我写一篇序，我谨序之如上。

中华民国三十二年六月一日
于黄梅什村庙之南冯仕贵祖祠堂

三

我今天借这个机会把我从前做中学生以前的事情检查一番，不知可供诸君的参考否。

我做小孩子的时候是好孩子还是坏孩子呢？是用功的学生还是不用功的学生呢？就一般的说法，我不能算是好孩子，也不能算是一个用功的学生。然而只有到现在我才能评判我自己，那个小孩子之所以不好，不能怪我。你说那个学生不用功，是你不知道怎样叫做用功。那时我家是一个大家庭，在乡间大家庭里头照例是栽培长子长孙的，若非长子长孙便看得淡漠，受教育也好，不受教育也好，听其自然。我便是一个被看得淡漠的孩子，平常上学不像哥哥诸事受优待，看见糖果想买，看见玩意儿想玩，大人总不给钱，衣服也不及哥哥穿得讲究，因此自己也缺乏自尊心，常与街市上一些小贩为友。受了他们的诱惑，曾偷家里的钱同他们打牌。所以这个小孩子是一个坏孩子。这个坏孩子与我现在有关系没有呢？没有关系。坏事是无根的，如梦幻泡影。不过因此我羡慕好孩子，喜欢孟母三迁的故事，喜闻孔子儿时陈俎豆为戏。小儿命名思纯，殆有感也。

　　我做学生并不用功。然而我并不因此可惜。我所受的教育完全与我无好处，只有害处，这是我明明白白地可以告诉天下教育家的。一直到在大学里读了外国书以后，我才明白我们完全是扮旧戏做八股，一脚把它踢开了。从此自己能作文，识道理，中国圣人有孔子，中国文章有六朝以前，而所谓古文是八股的祖宗。此事岂不奇，人何以能从束缚里得自由呢？教育又何其以加害于人为能事呢？是的，这便是中国女子裹脚的原故。只有"自然"对于我是好的，家在城市，外家在距城二里的乡村，十岁以前，乃合于陶渊明的"怀良辰以孤往"，而成就了二十年后的文学事业。在北平时有友人结婚，命诸人题一小册作纪念，我所写者为：

小桥城外走沙滩　　至今犹当画稿看

最喜高底河过堰　　一里半路岳家湾

此不过沧海一滴耳，若真要懂得我的儿童世界，故乡恐无有其知己。而我的儿童世界在故乡。而在当时竟是"自有仙才自不知"，从师读《三字经》，乌烟瘴气，把一颗种子被盖住了。而种子毕竟是会生长的。以上所说的话，岂不等于说教育无用？然而"后生可畏，焉知来者之不如今也"。

临了我要说一句，中学教育对于我有一个极大的好处，便是听物理课养成我的法则观念。记得教师在讲台上实验拿着七色板一转，我们在台下果然看得一轮白太阳，此事对于我后来的影响不可度量。

中华民国三十三年十二月二十一日

于黄梅停古乡李家花屋

树与柴火

我家有两个小孩子，他们都喜欢"捡柴"。每当大风天，他们两个，一个姊姊，一个弟弟，真是像火一般的喜悦，要母亲拿篮子给他们到外面树林里去拾枯枝。一会儿都是满篮的柴回来了，这时乃是成绩报告的喜悦，指着自己的篮子问母亲道："母亲，我捡的多不多？"

如果问我："小孩子顶喜欢做什么事情？"据我观察之所得，我便答道："小孩子顶喜欢捡柴。"我这样说时，我是十分的满足，因为我真道出我家小孩子的欢喜，没有附会和曲解的地方。天下的答案谁能像我的正确呢！

我做小孩子时也喜欢捡柴。我记得我那时喜欢看女子们在树林里扫落叶拿回去做柴烧。我觉得春天没有冬日的树林那么的繁华，仿佛一枚一枚的叶子都是一个一个的生命了。冬日的落叶，乃是生之跳舞，在春天里，我固然喜欢看树叶子，但在冬天里我才真是树叶子的情人似的。我又喜欢看乡下人在日落之时挑了一担"松毛"回家。松毛者，松叶之落地而枯黄者也，弄柴人早出晚归，大力者举一担松毛而肩之，庞大如两只巨兽，旁观者我之喜悦，真应该说此时落日不是落日而是朝阳了。为什么这样喜悦？现在我有时在路上遇见挑松毛的人，很觉得奇异，这有什么可喜悦的？人生之不相了解一至如此。

然而我看见我的女孩子喜欢跟着乡下的女伴一路去采松毛，我便总怀着一个招待客人的心情，伺候她出门，望着她归家了。

现在我想，人类有记忆，记忆之美，应莫如柴火。春华秋实都到那里去了？所以我们看着火，应该是看春花、看夏叶，昨夜星辰、今朝露水，都是火之生平了。终于又是虚空，因为火烧了则无有也。庄周则曰："火传也，不知其尽也。"

教　训

代大匠斫必伤其手

当我已经是一个哲学家的时候——即是说连文学家都不是了，当然更不是小孩子，有一天读老子《道德经》，忽然回到小孩子的地位去了，完完全全地是一个守规矩的小孩子，在那里用了整个的心灵，听老子的一句教训。若就大人说，则这时很淘气，因为捧着书本子有点窃笑于那个小孩子了。总而言之，这真是一件有趣的事情。我的教训每每是这样得来的。我也每每便这样教训人。

是读了老子的这一句话："代大匠斫者，希有不伤其手者矣。"

小孩子的事情是这样：有一天我背着木匠试用他的一把快斧把我的指头伤了。

　　我做小孩子确是很守规矩的，凡属大人们立的规矩，我没有犯过。有时有不好的行为，如打牌，如偷父亲的钱，那确乎不能怪我，因为关于这方面大人们没有给我们以教育，不注意小孩子的生活，结果我并不是犯规，简直是在那里驰骋我的幻想，有如东方朔偷桃了。然而我深知这是顶要不得的，对于生活有极坏的影响，希望做大人的注意小孩子的生活，小孩子格外地要守规矩了。我记得我从不逃学，我上学是第一个早。关于时间我不失信。我喜欢蹚河，但我记得我简直没有赤足下一次水，因为大人们不许我下到水里去。我那时看着会游泳的小孩子，在水里大显其身手，真是临渊羡鱼的寂寞了。我喜欢打锣，但没有打锣的机会，大约因为太小了，不能插到"打年锣"的伙里去，若十岁以上的小孩子打年锣便是打锣的一个最好的机会。说是太小，而又嫌稍大，如果同祖父手上抱着的小弟弟一样大，便可以由祖父抱到店里去，就在祖父的怀里伸手去敲锣玩，大人且逗着你敲锣玩。那时我家开布店，在一般的布店里，照例卖锣卖鼓，锣和鼓挂在柜台外店堂里了。我看着弟弟能敲锣玩，又是一阵羡慕。我深知在大人们日中为市的时候只有小弟弟的小手敲锣敲鼓最是调和，若我也去敲敲，便是一个可诧异的声响了。我们的私塾设在一个庙里，我看着庙里的钟与鼓总是寂寞，仿佛倾听那个声音，不但喜欢它沉默，简直喜欢它响一下才好。这个声响也要到时候，即是说要有人上庙来烧香便可以敲钟敲鼓，这时却是和尚的职事。有时和尚到外面有事去了，不在庙里了，进香的来了，我们的先生便命令一个孩子去代替和尚敲钟敲鼓，这每每又是年龄大的同学，没有我的份儿了，我真是寂寞。有的大年纪的同学，趁着先生外出，和尚也外出的时候（这个时候常有），把钟和鼓乱打起来，我却有点不屑乎的神气，很不喜欢这个声音，仿佛响得没有意思了，简直可恶。在旧历七月半，凡属小康人家请了道士来"放施"（相当于和尚的焰口），我便顶喜欢，今天就在我家里大打锣而特打锣，大打鼓而特打鼓了，然而不是我自己动手，又是寂寞。有时趁着道士尚未开坛，或者放施已了正在休息吃茶的时候，我想我把他的鼓敲一下响罢——其实这也并没有什么不可以的，博得道士说一声淘气罢了，我却不如此做，只是心里总有一个一鸣惊人的技痒罢了。所以说起我守规矩，我确是守规矩得可以。

有一次，便是我代大匠斫的这一次，应是不守规矩了。推算起来，那时我有七岁，我家建筑新房子，是民国纪元前四年的事，我是纪元前十一年生的，因为建筑新房子所以有许多石木工人做工，我顶喜欢木匠的大斧，喜欢它白的锋刃，别的东西我喜欢小的，这个东西我喜欢它大了，小的东西每每自己也想有一件，这把大斧则认为决不是我所有之物，不过很想试试它的锐利。在木匠到那边去吃饭的时候，工作场没有一个人，只有我小小一个人了，我乃慢慢地静静地拿起大匠的斧来，仿佛我要来做一件大事，正正经经地，孰知拿了一块小木头放在斧下一试，我自己的手痛了，伤了，流血了。再看，伤得不厉害，我乃口呿而不合，舌举而不下，且惊且喜，简直忘记痛了。惊无须说得，喜者喜我的指头安全无恙，拿去请姐姐包裹一下就得了，我依然可以同世人见面了。若我因此而竟砍了指头，我将怎么出这个大匠之门呢？即是怕去同人见面。我当时如是想。我这件事除了姐姐没有别人知道了。姐姐后来恐怕忘记了罢，我自己一直记着，直到读了老子的书又是且惊且喜，口呿而不合，舌举而不下，不过这时深深地感得守规矩的趣味，想来教训人，守规矩并不是没出息的孩子的功课。

多识于鸟兽草木之名

孔子命小孩子学诗，说诗可以兴，可以观，可以群，可以怨，迩之事父，远之事君，还要加一句"多识于鸟兽草木之名"。没有这个"多识于鸟兽草木之名"，上面的兴观群怨事父事君没有什么意义；没有兴观群怨事父事君，则"多识于鸟兽草木之名"也少了好些意义了，虽然还不害其为专家。在另一处孔子又有犹贤博弈之义，孔子何其懂得教育。他不喜欢那些过着没有趣味生活的小子。

我个人做小孩时的生活是很有趣味的，因为良辰美景独往独来耳闻目见而且还"默而识之"的经验，乃懂得陶渊明"怀良辰以孤往"这句话真是写得有怀抱。即是说"自然"是我做小孩时的好学校也。恰巧是合乎诗人生活的原故，乃不合乎科学家，换一句话说，我好读书而不求甚解，对于鸟兽草木都是忘年交，每每没有问他们的姓名了。到了长大离乡别井，偶然记起老朋友，则无以称呼之，因此十分寂寞。因此我读了孔子的话，"多识于鸟兽草木之名！"我佩服孔子是一位好教师了。倘若我当时有先生教给我，这是什么花，那么艺术与科学合而为一了，说起来心向往之。

故乡鸟兽都是常见的，倒没有不知名之士，好比我喜欢野鸡，也知道它就是"山梁雌雉"的那个雉，所以读"山梁雌雉子路共之"时，先生虽没有讲给我听，我自己仿佛懂得"子路共之"，很是高兴，自己坐在那里跃跃欲试了。我喜欢水田白鹭，也知道它的名字。喜欢满身有刺的猬，偶然看见别的朋友捉得一个，拿了绳子系着，羡慕已极。我害怕螳螂，在我一个人走路时，有时碰着它，它追逐我；故乡虽不是用"螳螂"这个名字，有它的土名，很容易称呼它，遇见它就说遇见它了。现在我觉得庄子会写文章，他对于螳螂的描写甚妙，因为我从小就看惯了它的怒容了。在五祖山中看见松鼠，也是很喜欢的，故乡也有它的土名，不过结识松鼠时我自己已是高小学生，同了百十个同学一路旅行去的，它已不算是我个人的朋友了。再说鱼，却是每每不知道它的名字，只是回来向大人说今天我在河里看见一尾好鱼而已。后来做大学生读《庄子》，又是《庄子》！见其说"儵鱼出游从容"，心想他的鱼就是我的鱼罢，仿佛无从对证，寂寞而已。实在的，是庄子告诉我这个鱼的名字。

在草木方面，我有许多不知名，都是同我顶要好的。好比薜荔，在城墙上挂着，在老树上挂着，我喜欢它的叶子，我喜欢它的果实，我仿佛它是树上的莲花——这个印象决不是因为"木莲"这个名字引起来的，我只觉得它是以空为水，以静穆为颜色罢了，它又以它的果实来逗引我，叫我拿它来抛着玩好了。若有人问我顶喜欢什么果，我就顶喜欢薜荔的果了，它不能给人吃，却是给了我一个好形状。即是说给了我一个好游戏，它的名字叫做薜荔，一名木莲，一直到大学毕业以后才努力追求出来的，说起来未免见笑大方。还有榖树，我知道它的名字，是我努力从知堂老人①那里打听出来的，我小时只看见它长在桥头河岸上，我望着那红红的果子，真是"其室则迩，其人则远"，可望而不可即了，因为我想把它摘下来。在故乡那时很少有果木的，不比现在到处有橘园，有桃园，有梨园，这是一个很好的进步，我做小孩子除了很少很少的橘与橙，而外不见果树了。或者因为如此，我喜欢那榖树上的几颗红果。不过这个理由是我勉强这么说，我不懂得我为什么喜欢它罢了，从现在看来它是没有什么可喜欢。这个令我惆怅。再说，我最喜欢芭茅，说我喜欢芭茅胜于世上一切的东西是可以的。我为什么这样喜欢它呢？这个理由大约很明白。我喜欢它的果实好玩罢了，像神仙手上拿的拂子。这个神仙是乡间戏台上看的榜样。它又像马尾，我是怎样喜欢马，喜欢马尾呵，正如庾信说的，"一马之奔，无一毛而不动"。我喜欢它是静物，我又喜欢它是奔放似的。我当时不知它是芭茅的果实，只以芭茅来代表它，后来正在中学里听植物学教师讲蒲公英，拿了蒲公英果实给我们看，

---

① 知堂老人，指周作人（1885—1967）。

说这些果实乘风飞飘，我乃推知我喜欢芭茅的果实了，在此以前我总想说它是花。故乡到处是芭茅做篱笆，我心里喜欢的芭茅的"花"便在蓝天之下排列成一种阵容，我想去摘它一枝表示世间一个大喜欢，因为我守规矩的原故，我记得我没有摘过一枝芭茅。只是最近战时在故乡做小学教师才摘芭茅给学生做标本。

打锣的故事

　　我做大学生的时候，读了俄国梭罗古勃①有名的短篇小说《捉迷藏》，很是喜悦，心想我也来写一篇《打锣的故事》罢。《打锣的故事》如果写起了，应该放在《竹林的故事》之后，《桥》之前。然而笔记本上有"打锣的故事"这个题目，没有文章。我一向是这样，记下来的题目是真多，写出来的文章却是很少了。我的《打锣的故事》与梭罗古勃的《捉迷藏》有什么连带的关系呢？那可以说是寂寞的共鸣，简直是憧憬于一个"死"的寂寞，也就是生之美丽了。到现在我还留着那篇《捉迷藏》的印象，虽然故事的

―――――――――

① 梭罗古勃，现通译为索洛古勃（1963—1927），俄罗斯作家。

内容忘记殆尽。我记得那是一个母亲同自己的小孩子捉迷藏的故事。奇怪，做小孩子的都喜欢捉迷藏这个游戏，这里头不知有着什么意义否？梭罗古勃的《捉迷藏》则明明是有意义是不待说的。一个小孩子总要母亲同他捉迷藏，母亲便同一般的母亲逗自己的小孩子游戏一样，便总是同他捉迷藏，后来孩子病了，他还是要母亲同他捉迷藏，母亲便同他捉迷藏。他病已不可救了，他在死之前，还是要母亲同他捉迷藏，然而母亲对着这没有希望的自己的孩子可伤心了，掩面而泣，而孩子以为母亲是同他捉迷藏！就在母亲掩面而泣的当儿孩子死了。所以他的死实在是一个游戏，美丽而悲哀。我当时读了把我的《打锣的故事》的空气渲染成功，就只差了没有写下来，故事是一定不差的。

我做小孩子喜欢打锣，在监狱一般的私塾里也总还有他的儿童的光线，我记得读上论读到"乡人傩"三个字，喜的不得了，以为孔子圣人也在那里看打锣了，大约以为"傩"就是"锣"，而我们乡人却总是打锣，无论有什么举动都敲起那一面锣来，等于办公看手表，上课听打钟，何况"傩"，敝乡人叫"放猖"，本来是以打锣为唯一的场面，到了锣声一停止，一切都酒阑人散了，寂寞了，好像记得那先生曾把乡人傩三个字讲给我听了，乡人傩就是我们乡下放猖。所以我的想象里一时便热闹得不得了，打锣了，放猖了。我所喜欢的，便是单打这圆圆的一面锣，一般叫"大锣"，一般说"打锣"也便是指单打这一面大锣说。打这一面大锣，直截了当，简单圆满，没有一点隔阂的地方，要打便打，一看便看见，一听也便听见，你给我我给你好了，世间还用得着费唇舌吗？要言语吗？有什么说不出的意思呢？难怪小孩子喜欢。我却总是退一步，看大人们互相授受，你给我我给你，仿佛不能给我小孩子了，我小孩子只能作旁观者了，真的，我这时的寂寞，应等于大人不能进天国。外家住在河边，夏天发山洪时，河坝有破裂之虞，便打起锣来，意思是叫大家都来抢救。这时能有我的份儿吗？当然没有。然而我偷偷地看打锣，锣声响彻天地，水之大，人之勇，我则寂静。我的欢喜从来没有向人说。"化笼"时，则是火光与金声。富贵人家，父母之丧，家中请了和尚或道士做法事，法事的最后一场便是化笼，即将阳世间为阴世间备的金银财宝装在纸笼子里一举而焚之。这个场合甚大，时间总在夜里，当其火光照耀天空时，一面大锣便大大的响起来，号召鬼众都来认领。而我每每在这时看见每个人的面孔，即是火边看热闹人的面孔，都是熟人，我一面欢喜一面有点奇怪，何以大家都看得见呢？我仿佛夜里不能看见了。连忙知道是在火光之下了。这个热闹，难得几回有，有则总不忘记了。在农村里，家家都是养猪的，猪养得愈大愈显得家事兴旺，若在城里住家，养猪则是家贫，本来没有什么可给猪吃的，每每是自己节食给猪吃，小孩子虽不知道这些，但对于城里养猪的人家我总替他寂寞。城里养猪，猪又总容易失了，失了猪便拿了一面锣沿街敲，沿城敲，俾拾得者知道物主是谁。这等于亡羊补牢而已，未必有何益处。我不知道这些，跟在敲锣者后面跑，觉得这是再新鲜不过的事，可喜悦的事。有时养猪失猪者是孤儿寡妇之流，便由其小孩子去敲锣，这个小孩子每每是我的朋友，我乃同他一路上城（街上我则不敢同他去，给大人看见了要责备的），东南西北城，我们都走过了，一面谈话，一面打锣，我却好容易设法将这锣移在我的手上打了一阵，对于朋友感激不尽。出殡时也总是打这一面锣的，这一面锣总在棺前行，故俗称出殡为"铛！嘝！"笑老而不死者便问："你几时'铛嘝'呢？""铛"便指锣声，"嘝"则是随着锣声而要放一枚爆竹，这个爆竹之声微弱的可怜。无论贫富，都有此"铛嘝"，即是说这个仪式决不可少，是基本单位，再多则花样翻新，悉听尊便，只要你有钱，而我只同这"铛嘝"之声甚是亲切，无论谁家出殡，经过我家门前，我必出门而目送之，因为他必能让我知道，必有那一声锣响叫我出来也。有一回邻近有一个挑水的老头儿死了，他没有亲人，他出城时，是我打锣，这算是我小孩子好事的成功，其得意可知。我记得我这时小学已快毕业了，算是大孩子了。

说来说去，我的《打锣的故事》原是要描写一个小孩子的死，死的寂寞。因为我是一个爱打锣的孩子，而小孩子死独不打锣了，一切仪式到此都无有了，故我对于一个死的小孩子，在一个不讲究的匣子似的棺材里将他提携到野外坟地里去，甚是寂寞。我，一个小孩子，有多次看着死的小孩子埋在土里的经验。我是喜欢看陈死人的坟的，春草年年绿，仿佛是清新庾开府的诗了，而小孩子的坟何以只是一堆土呢？像垃圾似的。而且我喜欢的声音呢？"倘若我死了，独不要我打锣吗？"那时我真个这样想。所以后来读了梭罗古勃的《捉迷藏》，喜其将小孩子的死写得美丽。

放　猖

我在故乡避难时，教中小学生作文，我告诉学生作文
的目的是要什么事情都能写，正如小儿学语是要什么话都
能说一样。我这意思当然是最明白而且最正当的了，然而
在我们这个国家里，一向作文的办法是什么事情都不能写，
正如女子裹了脚便什么事情都不能做一样，所以我的一点
明白而正当的意思反而不能被人接受，而被人痛恨。此事
真应恸哭流涕。故我常想，要我爱国我便要教学生作文，
我要他们什么事情都能写。我出的作文题，都根据儿童的
经验，从小在乡间所习见的风俗习惯，我都拿来出题目。
"放猖"是故乡的一种风俗，我便教学生写放猖，在小学六
年级里第一次交出一篇作文说太阳不说太阳要说"金乌"

的学生后来居然写了一篇很好的《放猖》了，此事令我大喜。这个学生姓鲁，我现在还记得他的《放猖》，不知他记得我否。今天我自己来写一篇放猖。

故乡到处有五猖庙，其规模比土地庙还要小得多，土地庙好比是一乘轿子，与之比例则五猖庙等于一个火柴匣子而已。猖神一共有五个，大约都是士兵阶级，在春秋佳日，常把他们放出去"猖"一下，所以驱疫也。"猖"的意思就是各处乱跑一阵。故做母亲的见了自己的孩子应归家时未归家，归家了乃责备他道："你在那里'猖'了回来呢？"猖神例以壮丁扮之，都是自愿的，不但自愿而已，还要拿出诚敬来"许愿"，愿做三年猖兵，即接连要扮三年。有时又由小孩子扮之，这便等于额外兵，是父母替他许愿，当了猖兵便可以没有灾难，身体健康。我当时非常之羡慕这种小猖兵，心想我家大人何以不让我也来做一个呢？猖兵赤膊，着黄布背心，这算是制服，公备的。另外谁做猖谁自己得去借一件女裤穿着，而且必须是红的。我当时跟着已报名而尚未入伍的猖兵沿家逐户借裤，因为是红裤，故必借之于青年女子，我略略知道他和她在那里说笑话了，近于讲爱情了，不避我小孩子。装束好了以后，即是黄背心、红裤、札裹腿、草鞋，然后再来"打脸"。打脸即是画花脸，这是我最感兴趣的，看着他们打脸，羡慕已极，其中有小猖兵，更觉得天下只有他们有地位了，可以自豪了，像我这天生的，本来如此的脸面，算什么呢？打脸之后，再来"练猖"，即由道士率领着在神前（在乡各村，在城各门，各有其所祀之神，不一其名）画符念咒，然后便是"猖神"了，他们再没有人间的自由，即是不准他们说话，一说话便要肚子痛的。这也是我最感兴趣的，人间的自由本来莫过于说话，而现在不准他们说话，没有比这个更显得他们已经是神了。他们不说话，他们已经同我们隔得很远，他们显得是神，我们是人是小孩子，我们可以淘气，可以嬉笑着逗他们，逗得他们说话，而一看他们是花脸，这其间便无可奈何似的，我们只有退避三舍了，我们简直已经不认得他们了。何况他们这时手上已经拿着叉，拿着叉当嘟当嘟的响，真是天兵天将的模样了。说到叉，是我小时最喜欢的武器，叉上串有几个铁轮，拿着把柄一上一下郎当着，那个声音把小孩子的什么话都说出了，便是小孩子的欢喜。我最不会做手工，我记得我曾做过叉，以吃饭的筷子做把柄，其不讲究可知，然而是我的创作了。我的叉的铁轮是在城里一个高坡上（我家住在城里）拾得的洋铁屑片剪成的。在练猖一幕之后，才是名副其实的放猖，即由一个凡人（同我们一样别无打扮，又可以自由说话，故我认他是凡人）拿了一面大锣敲着，在前面率领着，拼命地跑着，五猖在后面跟着拼命地跑着，沿家逐户地跑着，每家都得升堂入室，被爆竹欢迎着，跑进去，又跑出来，不大的工夫在乡一村在城一门家家跑遍了。我则跟在后面喝彩。其实是心里羡慕，这时是羡慕天地间唯一的自由似的。羡慕他们跑，羡慕他们的花脸，羡慕他们的叉响。不觉之间仿佛又替他们寂寞——他们不说话！其实我何尝说一句话呢？然而我的世界热闹极了。放猖的时间总在午后，到了夜间则是"游猖"，这时不是跑，是抬出神来，由五猖护着，沿村或沿街巡视一遍，灯烛辉煌，打锣打鼓还要吹喇叭，我的心里却寂寞之至，正如过年到了元夜的寂寞，因为游猖接着就是"收猖"了，今年的已经完了。

到了第二天，遇见昨日的猖兵时，我每每把他从头至脚打量一番，仿佛一朵花已经谢了，他的奇迹都到那里去了呢？尤其是看着他说话，他说话的语言太是贫穷了，远不如不说话。

小时读书

　　现在我常想写一篇文章，题目是"四书的意义"，懂得《四书》的意义便真懂得孔孟程朱，也便真懂得中国学问的价值了。这是一回事。但《四书》我从小就读过的，初上学读完《三字经》便读《四书》，那又是一回事。回想起来那件事何其太愚蠢、太无意义了，简直是残忍。战时在故乡避难，有一回到一亲戚家，其间壁为一私塾，学童正在那里读书，我听得一个孩子读道："子谓南容！子谓南容！"我不禁打一个寒噤，怎么今日还有残害小孩子的教育呢？我当时对于那个声音觉得很熟，而且我觉得是冤声，但分辨不出是我自己在那里诵读呢，还是另外一个儿童学伴在那里诵读？我简直不暇理会那声音所代表的字句的意义，只深切地知道是小孩子的冤声罢了。再一想，是《论语》上的这一句："子谓南容，'邦有道，不废；邦无道，免于刑戮。'以其兄之子妻之。"可怜的儿童乃读着："子谓南容！子谓南容"了。要说我当时对于这件事愤怒的感情，应该便是"火其书"！别的事很难得激怒我，谈到中国的中小学教育，每每激怒我了。

我自己是能不受损害的，即是说教育加害于我，而我自己反能得到自由。但我决不原谅它。我们小时所受的教育确是等于有期徒刑。我想将我小时读《四书》的心理追记下来，算得儿童的狱中日记，难为他坐井观天到底还有他的阳光哩。

"子曰：'视其所以，观其所由，察其所安。人焉廋哉？人焉廋哉？"我记得我读到这两句"人焉廋哉"，很喜悦，其喜悦的原因有二，一是两句书等于一句（即是一句抵两句的意思），我们讨了便宜；二是我们在书房里喜欢"廋"人家的东西，心想就是这个"廋"字罢？

读"大车无，小车无"很喜悦，因为我们乡音车猪同音，大"猪"小"猪"很是热闹了。

先读"林放问礼之本"，后又读"曾谓泰山不如林放乎？"仿佛知道林放是一个人，这一个人两次见，觉得喜悦，其实孔子弟子的名字两次见的多得很。不知何以无感触，独喜林放两见。

读子入太庙章见两个"入太庙，每事问"并写着，觉得喜悦，而且有讨便宜之意。

读"赐也，尔爱其羊"觉得喜悦，心里便在那里爱羊。

读"一则以喜，一则以惧"觉得喜悦，不知何故？又读"是可忍也，孰不可忍也"亦觉喜悦，岂那时能赏识《论语》句子写得好乎？又读"左丘明耻之，丘亦耻之"亦觉喜悦。

先读"哀公问：'弟子孰为好学？'"，后又读"季康子问：'弟子孰为好学？'"，觉得喜悦，又是讨便宜之意。

读"暴虎冯河"觉得喜悦，因为有一个"冯"字，这是我的姓了。但偏不要我读"冯"，又觉得寂寞了。

读"子钓而不纲"仿佛也懂得孔子钓鱼。

读"鸟之将死"觉得喜悦，因为我们捉着鸟总是死了。

读"乡人傩"喜悦，我已在别的文章里说过，联想到"打锣"，于是很是热闹。

读"山梁雌雉子路共之"觉得喜悦，仿佛有一种戏剧的动作，自己在那里默默地做子路。

读"小子鸣鼓而攻之"觉得喜悦，那时我们的学校是设在一个庙里，庙里常常打鼓。

读"君子之德风，小人之德草。草上之风，必偃。"觉得喜悦，因为我们的学校面对着城墙，城外又是一大绿洲，城上有草，绿洲又是最好的草地，那上面又都最显得有风了，所以我读书时是在那里描画风景。

读"在邦必闻，在家必闻""在邦必达，在家必达"，觉得好玩，又讨便宜，一句抵两句。

读樊迟问仁"子曰，举直错诸枉"句，觉得喜悦，大约以前读上论时读过"举直错诸枉"句。故而觉得便宜了一句。底下一章有两句"不仁者远矣"，又便宜了一句。

读"其父攘羊，而子证之"仿佛有一种不快的感觉，不知何故。

读"斗筲之人"觉得好玩，因为家里煮饭总用筲箕滤米。

读"子击磬于卫"觉得喜欢，因为家里祭祖总是击磬。又读"深则厉，浅则揭"喜欢，大约因为先生一时的高兴把意义讲给我听了，我常在城外看乡下人涉水进城（城外有一条河），真是"深则厉，浅则揭"。

读"老而不死，是为贼"喜欢。

读"子曰，不曰如之何如之何者，吾末如之何也已矣"觉得奇怪。又读上论"觚不觚，觚哉！觚哉！"亦觉奇怪。

读"某在斯，某在斯"觉得好玩。

读"割鸡焉用牛刀"觉得好玩。

读"子路拱而立"觉得喜欢，大约以前曾有"子路共之"那个戏剧动作。底下"杀鸡为黍"更是亲切，因为家里常常杀鸡。

上下论读完读《大学》《中庸》，读《大学》读到"《秦誓》曰，若有一个臣……"很是喜欢，仿佛好容易读了"一个"这两个字了，我们平常说话总是说一个两个。我还记得我读"若有一个臣"时把手指向同位的朋友一指，表示"一个"了。读《中庸》"鼋鼍、蛟龍、魚鱉生焉"，觉得这么多的难字。

读《孟子》，似乎无可记忆的，大家对于《孟子》的感情很不好，"孟子孟，打一头的洞！告子告，打一头的包！"是一般读《孟子》的警告。我记得我读《孟子》时也有过讨便宜的欢喜，如"五亩之宅，树之以桑"那么一大段文章，有两次读到，到得第二次读时，大有胜任愉快之感了。

小孩子对于抽象的观念

小时听见大人们说"过考"，心想"过考是怎么一回事呢？"那还是科举将废学校将兴的时期了。自己的舅父便是常出外过考的人，盼得他过考回家，我便喜的不得了，却更是思索过考究竟是怎么一回事。其实问一声舅父，请舅父解释给我听便得了，我却无论什么事情总不向大人发问，尽由自己幻想着。我苦思索之所得，以为过考大约是把一个人背靠着什么地方不许移动，考者靠也。可见过考不是一件愉快的事，我对于诸事有幻想，我的幻想总是美丽的，过考则类于乡间所谓诊驼背了。

再对于"在押"的观念我也苦思索，那时家里来了客人，有因为讼事来同祖父商量的，我在旁听着说某人"押了"的话，便很奇怪，什么叫做"押了"呢？大约因为习于看母亲压菜或腌菜的原故，把押联想到"压"或"腌"上面去了，所以押这件事根本上给我一个苦恼的印象。稍大时我偶然在县衙门监狱门前过，向着那栅栏里面望，见有许多人挤着栅栏向外面望，面色都苍白，眼光寂寞，有些人的神气却凶恶，我乃忽然了解什么叫做"押"了，不觉之间一个小孩子的人生观也多了一层意义了。不过我的意义仿佛是人生的光线，人生是黑暗的而人心是善的。换一句话说，狱是黑暗的，心是光明的。这是我的实感。

散　文

　　我现在只喜欢事实，不喜欢想象。如果要我写文章，我只能写散文，决不会再写小说。所以有朋友要我写小说，可谓不知我者了，虽然我心里很感激他的诚意。

　　在《竹林的故事》里有一篇《浣衣母》，有一篇《河上柳》，都那么写得不值再看，换一句话说把事实都糟踏了。我现在很想做简短的笔记，把那些事实都追记下来。其实就现实说，我所谓的事实都已经是沧海桑田，我小时的环境现在完全变了，因为经历过许多大乱。

　　《浣衣母》与《河上柳》是一个背景，我拿来写了两篇文章。事实是，"浣衣母"是我族间的一位婶母，"河上柳"是她门前的一棵树，这棵树一个清明日我亲自看见它栽下去的，后来成为一棵很大的杨柳树了。我看着树常常觉得很奇怪，仿佛世间的事一点也不假，它本来是一个插枝，栽下去了便长大了，夏天里有许多人在它下面乘阴了，莫非梦也夫？我这位婶母的家是在城门之外。这城门之外单独有这一个贫家，茅草屋。这城门我们口中叫"小南门"，但刻在城门上的三个大字是"便民门"，那时我常想，明明是"小南门"，何以叫"便民门"呢？是什么意思呢？所以世间上不懂的事情很多，不懂有时也没有关系，纳闷有时很有趣了。小时，自然与人事，对于我影响最深的，一是外家，一是这位婶母家，外家如是以其富有，婶母家是以其贫了，她的贫使得我富有。在现在想来，外家的印象已渐淡漠，婶母家的印象新鲜如故，此真不知是何故。大约这块地方现在无可考，只有一片沙砾，所以在我的记忆里格外新鲜。婶母的茅草屋临在城外的小河之上，门口是"便民"之路，这所谓"路"当然包含了桥，因为有河而可行，非有桥而何？这个桥是木桥，春夏间发山洪时常常冲倒了，于是行人涉水而过。农人进城舍不得花渡钱，则"深则厉，浅则揭"。到了秋冬以至春三月，则河里本来没有水，只是沙滩，桥徒有意了，大家都是走自由之路，即是走沙滩。县城共有六门，以小南门出进的人最多，婶母家形式虽孤单，其精神则最热闹，无论就这个地方说，无论就婶母的性格说，任何人走到这里都热闹了。我现在喜欢"关关雎鸠，在河之洲，窈窕淑女，君子好逑"这一章书，每每是回忆故乡小南门外的情景了。那里常常有"窈窕淑女"，那里常常有"关关雎鸠，在河之洲"。我还喜欢这一篇诗：

> 匏有苦叶，济有深涉，深则厉，浅则揭。
> 有弥济盈，有鹭雉鸣，济盈不濡轨，雉鸣求其牡。
> 雝雝鸣雁，旭日始旦。士如归妻，迨冰未泮。
> 招招舟子，人涉卬否。人涉卬否，卬须我友。

我读这篇诗，感得热闹极了，也便是记起小时故乡小南门外的情景。深则厉，浅则揭已说过。有时车子渡河，或是货车，或女子回娘家坐的车，没有桥，水里过，我们小孩子在岸上看，唯恐把它濡了，又唯恐不把它濡了，因为小孩子总是淘气。把女子扎车的彩被濡了那更可惜了。沙岸上车子的辙迹印得很深也很有趣。冬天里看人家"报日"（报日者，请期纳采，通俗以鸡和鹅代替古礼之雁者也），看人家抬花轿，都在这沙滩上，因为这时河里没有水。至于"招招舟子，人涉卬否"，我们小孩子则不觉得，这大约是寂寞的心事，小孩子隔膜了。诗真是写得热闹，是写实。或者是我的主观亦未可知。

再说姊母的性格，我认为她是神，不是人，这决不是我的主观，世间的人品实有伟大这一个形容词了。她贫无立锥之地，她的茅草屋不是她自己盖的，茅草屋也不能有历史，经不得风吹雨打，不是她的祖先遗给她的，我记得她的屋常给山洪冲倒了，于是来"邀会"，邀会者邀几个本族的人拿出资本来替姊母再盖一个茅草屋了。她年青孀居，有三个儿子，都养大成人了，但都是神秘人物，后来都无影无踪了，都在外面流亡死了。姊母替人洗衣，但不能说是以洗衣为职业，因为她不需要职业，她只是替人操劳，人家也给饭她吃罢了。那时城镇上也还没有洗衣的职业，要说有这个职业，"浣衣母"便是开山大师了。她每每替店铺里的学徒洗衣，学徒便像她的儿子一样了，他们当然也给报酬，但微乎其微，而浣衣母对于他们的抚爱则是母亲的伟大了。我家那时是大家庭，兄弟多人，谁都喜欢姊母，简直可以说我们兄弟谁都是姊母养大的，我们以为姊母最富，谁都喜欢吃姊母的饭了。实在她没有得吃时，祖父便吩咐送米给她不是给她给我们吃，是给姊母的食粮，而姊母的食粮我们有份儿了。

我们小孩子只知道白天，不知道夜晚，知道白天城门外的热闹，即姊母家的热闹，从不知道夜晚是姊母一个人在她的城外茅草屋里了，也不知道那里有灯光没有。黄昏时在那里也是热闹的，我们每每关城门的时候才进城回到自己家里去，舍不得进城，巴不得晚一点儿关城门。"河上柳"我记得是一个黄昏时候姊母的大儿子将一枝柳条插在土里的，难怪以后"终古垂杨有暮鸦"！即是说黄昏时柳条可爱。清早起来，旭日东升，城门外便已热闹了，乡下人早已进城卖柴了，冬日里我们跟着祖父到姊母门前晒太阳了。

过年时，大哥因为字比谁都写得好，常替人写春联，我因为字写得不好则磨墨。我顶不耐磨墨，最羡慕挥毫，但也顶喜欢磨墨的时候到了，因为大哥写春联的时候到了。有一年大哥替姊母家写的是"东方朔日暖，柳下惠风和"，红纸是姊母的大儿子买的。新年初一我们清早起来赶快跑去拜姊母年，红日之下一看大哥写的红对子，十分欢喜，我仿佛懂得"东方朔日暖，柳下惠风和"的意味了。

实在姊母的伟大无法形容的，穷可以形容她，神可以形容她，穷到这里真是神了。

后来我们长大了，到武昌上学去了，暑假回家时听母亲同自己的姊母谈城外姊母的闲话，说："有人说她的闲话！"闲话是：有一后生，利用姊母的茅草屋开茶铺，这后生同姊母"相好"。我听了这话愈觉得姊母是神，她神圣不可侵犯。

从牙齿念到胡须

可爱春在一古树，

相喜年来寸心知。

"呐喊"

我不是批评家，也不知道什么才算得文艺批评，平常只爱一篇一篇的读文章，来清醒我自己，扩大我自己。现在便报告这态度之施用于《呐喊》者。

我每当愤激或嫌恶的时候，总说不出话来，说话要心头舒服，发生了悲哀或同情；我的悲哀或同情的对象，不一定是高者伟者——几乎都是卑者贱者，所以我崇拜"杀身成仁，舍生取义"的文天祥，我尤眷念那忠实地自白着"本图宦达，不矜名节"的李密。在文艺上，凡是本着悲哀或同情而来表现卑者贱者的作品，我都欢喜。

因此，《呐喊》里面合我的脾胃的是《孔乙己》了。

鲁迅君的文章，在零碎发表的时候，我都看过一遍两遍，只有《孔乙己》，到现在每当黄昏无事，还同着其他相同性质的作品拿起来一路读。正如著者在自序中那几句随便的对话："那么，你钞他是什么意思呢?""没有什么意思。"不过若问他有什么用，我却要郑重的踌躇一会。世间上的效用，有可计量的，有不可计量的，先生教我一章书，我立刻添了一章书的知识，放学回家见了母亲，我的脚跳起来了，脸上也立刻是一阵笑——你能说母亲所给与我的不及先生那么多吗?我读完《孔乙己》之后，总有一种阴暗而沉重的感觉，仿佛远远望见一个人，屁股垫着蒲包，两手踏着地，在旷野当中慢慢地走。我虽不设想我自己便是这"之乎者也"的偷书贼(我平素读别的小说如显克微支的《乐人扬珂》，梭罗古勃的《微笑》，仿佛我就是扬珂，就是格里沙)，但我总觉得他于我很有缘法。

鲁迅君的刺笑的笔锋，随处可以碰见，如《白光》里的陈士成，《端午节》里的方玄绰，至于阿Q，更要使人笑得个不亦乐乎，独有孔乙己我不能笑——第一次读到"多乎哉?不多也"，也不觉失声，然而马上止住了，阴暗起来了。这可见得并不是表现手段的不同——我不得不推想到著者执笔时的心情上去呵。

《故乡》《药》，自然也有许多人欢喜，我也不想分出等级，说这一定差些，但他们决不能引起我再读的兴趣——

意思固然更有意思了，除掉知道更有意思而外，不能使我感觉什么。

临末我也说一句俏皮话：我在饭馆里，面包店里，都听到恭维《呐喊》的声音，著者"我决不是一个振臂一呼应者云集的英雄"的发见，可以说是不再适用了——那么，鲁迅君，你还以所感到者为寂寞么？

四月九日夜十时

从牙齿念到胡须

在纸上忽然填了这么一个题目，那么，我就写下去罢——鲁迅先生，你知道吗？在这里有一个人时常念你！

有两个人，我想我们的趣味并不怎样相同的，然而我时常念他。一是盲诗人爱罗先珂，一便是鲁迅先生。那位盲诗人我只在课堂上见过他的面貌，听过他的声音，到现在我仿佛还看见他挤在那火车上的一角，倘若我会画画，我一定能够画出他当时的形相来——那是因了CM①先生的一篇文章罢。

---

① CM，即"仲密"，为周作人的笔名，后文中出现的知堂先生、苦茶庵长、古渔翁、岂明先生均指周作人。

鲁迅先生我也只见过两回面，在今年三四月间。第一次令我非常的愉快，悔我来得迟。第二次我觉得我所说的话完全与我心里的意思不相称，有点苦闷，一出门，就对自己说，我们还是不见的见罢——这是真的，我所见的鲁迅先生，同我在未见以前，单从文章上印出来的，能够说有区别吗？从此我没有见鲁迅先生，然而有时我还是觉得要见一面的，记得一天傍晚，我在大路旁闲步，从我后面驰过去一乘洋车，坐车的好像是鲁迅先生，特别是因为那胡子同外套，我预备急忙的去拉他的手——车子走得远了。

我当初也"批评"过《呐喊》，那时还不知道作者有这么多的胡子（这个发现颇出我意外），文人大抵是相轻的，（或者不如照鲁迅先生的话至少以无损于己者为限更为确当），所以一面称好，一面又多少露出并不怎样佩服的神气——这叫我现在笑个不住了，同时对于一般所谓批评文字（连吊唁的也在内）自信能分外了解。

鲁迅先生近来时常讲些"不干净"的话，我们看见的当然是他的干净的心（这自然是依照蔼理斯的意见，不过我自己另外有一点，就是，我们的不干净也是干净，否则世上到那里去找干净呢？），甚至于看见他的苦闷。他在《从胡须说到牙齿》里谈笑话似的写他"执事"回来碰落门牙，读者诸君，你们读了怎样呢？我是阴郁的呀一声"唔！"

我们到底是有福的——我在这里一吁，不可以一直波到鲁迅先生的唇边吗？

《古槐梦遇》^①小引

我曾有赠师兄一联，其文曰："可爱春在一古树，相喜年来寸心知。"此一棵树，便是《古槐梦遇》之古槐也。记不清在那一年，但一定是我第一次往平伯家里访平伯，别的什么也都不记得，只是平伯送我出大门的时候，指了一棵槐树我看，并说此树比此屋还老，这个情景我总是记得，而且常常对这棵树起一种憧憬。等待要我把这憧憬写给你们看时，则我就觉得我的那对子上句做得很好。这是以前

① 《古槐梦遇》为俞平伯（1900—1990）所著散文集。《莫字》一文中提到的"槐居士"，《罗袜生尘》一文中指到的福庆居士，均指俞平伯，后不再注。

的话，如今却有点不同，提起来我还是对那棵树起一种憧憬，等待要我把这憧憬写给你们看时，则我就觉得平伯的"古槐梦遇"这四个字很好，平伯他未必知道他的记梦的题目，我却暗喜说得我的梦境也。"老年花似雾中看"，大概也很是一个看法，从前我住在西山，很喜欢看见路上一棵古松牵着似红似黄的许多藤花，有一天一个乡下人告诉我说这叫做凌霄花，我真是对于这位乡人怀着一种感谢，今日则一棵树的阴凉儿便觉得很是神秘，神秘者，朦胧之谓也。我从我所说的这糊涂话再来一思，是的，其间不无道理，年青的时候有大欢喜，逞异想，及其年事稍长，目力固然不大靠得住，却又失却梦的世界，凡事都在白日之中，这证之以孔圣人的"吾不复梦见"，可见是证据确凿的。那么古槐书屋的一棵树今日尚足以牵引我的梦境，吾其博得"吾家"冯妇之一点同情乎？其为乐也，亦非年青时所可得而冒牌者也。

我同平伯大约都是痴人——我又自己知道是一个亡命的汉子，从上面的话便可以看得出一点，天下未必有那样有情的一棵树，其缘分总在这两个人。说起来生怕人家见笑似的，说我们有头巾气，自从同平伯认识以来，对于他我简直还有一个兄弟的情怀。且夫逃墨不必归于杨，逃杨亦未必就归于儒，吾辈似乎未曾立志去求归宿，然而正惟吾辈则有归宿亦未可知也。我常心里有点惊异的，平伯总应该说是"深闺梦里人"。但他实在写实得很，由写实而自然渐进于闻道，我想解释这个疑团，只好学时行的话说这是一种时代的精神。我这话好像也并不是没有根据，只看中国历史上的文坛人物都难逃出文人的范围（现在的文人自然也并不见得少），惟乱世则有一二诗人的确是圣人之徒，其中消息不可得而思之欤？

　　然而平伯命我为他的《古槐梦遇》写一点开场白，我不要拿这些白日的话来杀风景才好。于是我就告诉你们曰，作者实是把他的枕边之物移在纸上，此话起初连我也不相信，因为我的文章都是睁开眼睛做的，有一天我看见他黎明即起，坐在位上，拿了一支笔，闪一般的闪，一会儿就给一个梦我看了，从此我才相信他的实话。于是我就赞叹一番曰，吾不敢说梦话，拿什么"谪仙""梦笔"送花红，若君者其所谓不失其赤子之心者乎？愿你多福。废名和南。

民国二十二年五月六日

悼秋心（梁遇春君）[①]

秋心君于六月二十五日以猩红热病故，在我真是感到一个损失。我们只好想到大块的寂寞与豪奢。大约两月前，秋心往清华园访叶公超[②]先生，回来他向我说，途中在一条小巷子里看见一副对子，下联为"孤坟多是少年人"，于是就鼓其如莲之舌，说得天花乱坠，在这一点秋心君是一位

---

① 梁遇春（1906—1932），散文家，又名秋心，因感染猩红热于1932年6月25日逝世，年仅27岁。本文刊于1932年7月11日天津《大公报·文学副刊》第236期。文前有该刊附言：

按梁遇春君（笔名秋心）在北平逝世消息及追悼会预志，已见七月七日本报第五版新闻。梁君生平事迹及著作，亦已于该篇约略评述。兹特约梁君之知友废名（冯文炳）君撰文一篇，以志哀悼。本刊编者识。

② 叶公超（1904—1981），近代著名外交家、文学家。

少年诗人。他常是这样的，于普通文句之中，逗起他自己的神奇的思想，就总是向我谈，滔滔不绝，我一面佩服他，一面又常有叹息之情，仿佛觉得他太是生气蓬勃。日前我上清华园访公超先生，出西直门转进一条小巷，果然瞥见那副对子，想不到这就成了此君的谶语了。

我说秋心君是诗人，然而他又实在是写散文的，在最近两三年来，他的思想的进展，每每令我惊异，我觉得在我辈年纪不甚大的人当中，实在难得这样一个明白人，他对于东方西方一班哲人的言论与生活，都有他的亲切的了解。他自己的短短的人间世，也就做了一个五伦的豪杰，儿女英雄了。他的师友们都留了他的一个温良的印象，同时又是翩翩王孙。我同公超先生说起"五伦豪杰"四字，公超先生也为之点头。这四个字是很不容易的，现代人做不上，古代人做来又不稀奇，而且也自然的做得不好。

秋心君今年才二十七岁。以前他虽有《春醪集》行世，那不过是他学生时期的一种试作。前年我们刊行《骆驼草》，他是撰稿者之一，读他的文章的人，都感到他的进步。最近有两篇散文，一为《又是一年芳草绿》，一为《春雨》，将在《新月》月刊披露。关于这一方面，我很想说话。我常想，中国的新文学，奇怪得很，很少见外来的影响，同时也不见中国固有的文化在那里起什么作用。秋心君却是两面都看得出。我手下存着他去年写给我的一封信，里面有这一段话：

> 安诺德批评英国浪漫派诗人，以为对于人生缺乏明澈的体验，不像歌德那样抓到整个人生。这话虽然说得学究，也不无是处。所以太迷醉于人生里面的人们看不清自然，因此也不懂得人生了。自然好比是人生的镜，中国诗人常把人生的意思寄之于风景，随便看过去好像无非几句恬适的描写，其实包括了半生的领悟。不过像宋朝理学家那样以诗说道，倒走入魔了。中国画家仿佛重山水，不像欧洲人那样注意画像，这点大概也可以点出中国人是间接的。可是更不隔膜的，去了解人生。外国人天天谈人生，却常讲到题外了。

我觉得这话说得很好，正因为秋心君是从西方文学的出发点来说这话。至于中国诗人与画家是不是都能如秋心君所说，那是另外一回事。即此数十言语，已可看出秋心君的心得。再从我们新文学的文体上讲，秋心君之短命，更令人不能不感到一个损失。我常想，中国的白话文学，应该备过去文学的一切之长，在这里头徐志摩①与秋心两位

---

① 徐志摩（1897—1931），诗人、散文家，因飞机失事不幸罹难。

恰好见白话文学的骈体文的好处，不过徐君善于运用方言，国语的欧化，秋心君则似乎可以说是古典的白话文学之六朝文了。此二君今年相继而死，真是令人可惜的事。秋心君的才华正是雨后春笋，加之他为人平凡与切实的美德，而我又相知最深，哀矣吾友。

最后我引一段我们之间的事情。今年他做了一篇短文，所以悼徐志摩先生者，后来在《大公报文学副刊》（第二百二十三期）发表，当他把这短短的文章写起时，给我看，喜形于色："你看怎么样？"我说"Perfect！Perfect！"他又哈哈大笑："没有毛病罢？我费了五个钟头写这么一点文章。以后我晓得要字斟句酌。"因为我平常总是说他太不在字句上用工夫。他前两年真是一个酒徒，每每是喝了酒午夜文思如涌。因了这篇短文章他要我送点礼物作纪念，我乃以一枚稿笔送他，上面刻了两行字，"从此灯前有得失，不比酒后是文章"，他接着很喜欢，并且笑道："这两句话的意思很好，因为这个今是昨非很难说了。"

二十一年七月五日

秋心遗著序

　　秋心之死，第一回给我丧友的经验。以前听得长者说，写得出的文章大抵都是可有可无的，我们所可以文字表现者只是某一种情意，固然不很粗浅但也不很深切的部分，今日我始有感于此言。在恋爱上头我不觉如此，一晌自己作文也是兴会多佳，那大概都是做诗，现在我要来在亡友的遗著前面写一点文章，屡次提起笔来又搁起，自审有所道不出。人世最平常的大概是友情，最有意思我想也是友情，友情也最难言罢，这里是一篇散文，技巧俱已疏忽，人生至此，没有少年的意气，没有情人的欢乐，剩下的倒是几句真情实话，说又如何说得真切。不说也没有什么不可，那么说得自己觉得空虚，可有可无的几句话，又何所惆怅呢，惟吾友在天之灵最共叹息。古人词多有伤春的佳句，致慨于春去之无可奈何，我们读了为之爱好，但那到底是诗人的善感，过了春天就有秋天，花开便要花落，原是一定的事，在日常过日子上，若说有美趣都是美趣，我们可以"随时爱景光"，这就是说我是不大有伤感的人。秋心这位朋友，正好比一个春光，绿暗红嫣，什么都在那里拼命，我们见面的时候，他总是燕语呢喃，翩翩风度，而却又一口气要把世上的话说尽的样子，我就不免于想到辛稼轩的一句词，"倩谁唤流莺声住"，我说不出所以然来暗地叹息。我爱惜如此人才。世上的春天无可悼惜，只有人才之间，这样的一个春天，那才是一去不复返，能不感到摧残。最可怜，这一个春的怀抱，洪水要来淹没他，他一定还把着生命的桨，更作一个春的挣扎，因为他知道他的美丽，他确确切切有他的怀抱，到了最后一刻，他自然也最是慷慨，这叫做"无可奈何花落去"。孔子曰："朝闻道，夕死可矣。"我们对于一个闻道之友，只有表示一个敬意，同时大概还喜欢把他的生平当作谈天的资料，会怎么讲就怎么讲，能够说到他是怎样完成了他，便好像自己做了一件得意的工作。秋心今年才二十七岁，他是"赍志以殁"，若何可言，哀矣。

若从秋心在散文方面的发展来讲，我好像很有话可说。

等到话要说时，实在又没有几句。他并没有多大的成绩，他的成绩不大看得见，只有几个相知者知道他酝酿了一个好气势而已。但是，即此一册小书，读者多少也可以接触此君的才华罢。近三年来，我同秋心常常见面，差不多总是我催他作文，我知道他的文思如星珠串天，处处闪眼，然而没有一个线索，稍纵即逝，他不能同一面镜子一样，把什么都收藏得起来。他有所作，也必让我先睹为快，我捧着他的文章，不由得起一种欢欣，我想我们新的散文在我的这位朋友手下将有一树好花开。据我的私见，我们的新文学，散文方面的发达，有应有尽有的可能，过去文学许多长处，都可在这里收纳，同时又是别开生面的，当前问题完全在人才二字，这个好时代倒是给了我们充分的自由，虽然也最得耐勤劳，安寂寞。我说秋心的散文是我们新文学当中的六朝文，这是一个自然的生长，我们所欣羡不来学不来的，在他写给朋友的书简里，或者更见他的特色，玲珑多态，繁华足媚，其芜杂亦相当，其深厚也正是六朝文章所特有，秋心年龄尚青，所以容易有喜巧之处，幼稚亦自所不免，如今都只是为我们对他的英灵被以光辉。他死后两周，我们大家开会追悼，我有挽他一联，文曰，"此人只好彩笔成梦，为君应是昙华招魂"，即今思之尚不失为我所献于秋心之死一份美丽的礼物，我不能画花，不然我可以将这一册小小的遗著为我的朋友画一幅美丽的封面，那画题却好像是潦草的坟这一个意思而已。

二十一年十二月八日

今年的暑假

　　我于民国十六年之冬日卜居于北平西山一个破落户之家，荏苒将是五年。这其间又来去无常。西山是一班士女消夏的地方，不凑巧我常是冬天在这里，到了夏天每每因事进城去。前年冬去青岛，在那里住了三个月，慨然有归与之情，而且决定命余西山之居为"常出屋斋"焉。亡友秋心君曾爱好我的斋名，与"十字街头的塔"有同样的妙处。我细思，确是不错的。其实起名字的时候我并没有想到许多。只是听说古有田生，十年不出屋，我则常喜欢到马路上走走，也比得上人家的开卷有得而已。今年春又在北平城内，北平有某一种刊物，仿佛说我故意住在"一个偏僻的巷子里"，那其实不然，我的街坊就是北平公安局长，马路是新建的，汽车不断的来往。今年我立了一个志，要写一个一百回的小说，名曰"芭蕉梦"，但只写好了一个"楔子"。我的《桥》于四月间出版，这是一部小说的一半，出版后倒想把它续写，不愿意有这么一个半部的东西，于是《芭蕉梦》暂且不表，我决定又来写《桥》。所以今年的夏天，我倒是有志来西山避暑，住在"一个偏僻的巷子里"。换句话说，走进象牙之塔。

山中方七日矣，什么也没有做。今天接到一个"讣"，音乐家刘天华君于月前死去。我不知道刘君，但颇有兴致来吊一吊琴师，自古看竹不问主人，"君善笛请为我一奏"，千载下不禁神往也。然而我辈俗物却想借此来发一段议论。我曾同我的朋友程鹤西君说，文人求不朽，恐怕与科学制度不无关系，就是到了如今的崭新人物，依然难脱从来"士"的习气，在汉以前恐怕好得多，一艺之长，思有用于世，假神农黄帝之名。伯牙子期的故事，实在是艺术的一个很好的理想，彻底的唯物观，人琴俱亡，此调遂不弹矣。我乃作联挽刘天华君曰：

　　高山流水不朽
　　物是人非可悲

二十一年七月二十日

跋《落叶树》

李义山诗有云："闻道神仙有才子"，此言很引起我的憧憬。若贺知章之见李太白曰："子谪仙人也。"我对于这位仙人却很是隔膜，不能生友谊。其实这与诗人李白完全无干，我与谪仙二字没有情分而已。这是我个人糊涂的地方，一点没有道理，亦不敢强别人同意。关于《落叶树》我想跋他几句，一提笔却几乎要跑野马，赶紧带住。然而写《落叶树》的这位少年大约总很有他的标格，不然怎么动我的糊涂的兴致呢。前年他约我一路上大觉寺看杏花，我答应他去临时又没有去，他一人一日行百里，似乎并未看得花而归，说大觉寺有一块匾曰"无来去处"。他那个没头没脑的沙弥神气，真有点莫名其妙了。经我这一写，未免失却本色。然而我爱鹤西①是一个最切实的人，在我所认识的少年人当中很少有他这样的切实。

《落叶树》是鹤西在柳州写的，远迢迢的寄给我，我跋这一篇小文的本意就只这一句。去年冬天他由北平到柳州去，行到梧州给我来一明片，很饶意兴。这或者因为我同他都是未曾远游之人。他说三日的海程把他弄到香港上岸，"这回着实觉得大地之可爱了。"这里他提到我的半部小说上的主人公，大约指了那一段舟行的故事，孤舟一日，一跃登岸，那么站着，"俨若人生足履大地很是一个快乐。"来片又说"香港竟可着单衣，若到江南赶上春矣。"我很少接到这样远客的来信，只是数年前窗外雪意正佳时，看见《语丝》上鲁迅先生《厦门通信》，大约有云他坐在室内，山上杏花可望，很令我向往。我复鹤西梧州的来片，兹亦附抄在这里：

> 梧州来片，给了我一个很好的快乐，若在香港着单衣，"若到江南赶上春矣"。这大约比古人出门向西而笑还要快乐。计程当已在柳州矣，我乃即刻挥毫，

---

① 鹤西，即程侃声（1908—1999），作家、水稻专家。《闲话》一文中提到的"鹤兄"亦指程侃声，后不再注。

思有以报足下，异地得故人书，亦必快乐也。你大约是十一月十一日在北平动身，是日下午我适得到一位叶公送我的《桂游半月记》，于是很是怅惘，大有追不及黄鹤之概，无从放在行人手边矣。农事多暇，惠我好音。……

二十三年三月七日

北平通信

亢德①先生：

　　《宇宙风》要在六月里出一个北平专号，我觉得这很有意义，我们住在北平爱北平的人还不借这机会好好的来鼓吹北平的空气么？可惜我自己是有心而无力，关于北平实在想多写点文章，没有办法只好向海上的朋友作北平通信了。我并不能说我知道北平知道怎么多，连北平话都不会说，怎么能说知道北平呢？我大约是一个北平的情人，这情人却是不结婚的，因此对于北平可说一点也不知道，也

---

① 亢德，即陶亢德（1908—1983），民国时期著名出版人，与林语堂创办《宇宙风》。

因此知道北平的可爱，北平人自己反不知。这样说来，我同北平始终还是隔膜的。就我说，我是长江边生长大的，因此我爱北方，因此我爱江南。北平之于北方，大约如美人之有眸子，没有她，我们大家都招集不过来了。我们在北平总看不见湿意的云，"朝为行云暮为行雨"此地人读之恐无动于衷，《高唐》一赋是白赋的了，此刻暮春已过初夏来了，这里还是刮冬天的风，我从前住在北平西郊的时候，有时要进城，本地人总是很关心的向我说，"今天不去，明天怕刮风，"我听了犹如不听，若东风吹马耳，到了第二天真个的每每就刮起风来了，于是我进城的兴会扫尽了，我才受了"今天不去明天怕刮风"这句话的打击，想到南边出门怕下雨。现在我倒觉得出门不怕下雨，而且有点喜欢，行云行雨大有行其所无事之意，这正是在这里终年不见湿云之故，夏天北平的大雨对于我也没有过坏的记忆，雨中郊外走路真个别有风趣，一下就下得那么大，城里马路岸上倒成了"河"，雨过天青小孩们都在那里"淌河"，也有蛤蟆来叫一声两声了——这样的偶叫几声，论情理应该使路旁我们江南之子起点寂寞，事实上却不然，不但蛤蟆我们觉得它实在是喜欢，小孩们实在是喜欢，我也实在是喜欢了，记得小时我在家里每每喜欢偷偷的把和尚或道士法坛上的锣或鼓轻轻的敲打一下，声音一发作，我自己不亦乐乎又偷偷的跑了，和尚或道士，他们正在休息，似乎也乐得这个淘气的空气，并不以为怎么"犯法"，这个淘气的空气很有点像我在北平看小孩们淌河，听蛙鼓一声两声。我想这未必关于个人的性情，倒很可以表现北平的空气。北平在无论什么场合，总不见得怎样伤人的心。我只记得在东城隆福寺或西城护国寺白塔寺庙会里看见两样人物有点难为情，其一是耍叉的，一位老汉，冬天里光着脊棱，一个人在高台上自己的买卖范围里大显其武艺，抛叉入云，却不能招拢一个顾客来，我很替他寂寞，但他也实在只引起幽默的空气，没有江湖气，不知何故。再有一男子一女子仿佛是两口子伸着脖子清唱的，男的每唱旦，女的每唱生，两人都不大有气力，男的瘦长，面色苍白，唱完之后每每骂人没有良心，说"我这也不容易嘞！"因为听唱的人走了不给钱。这两人留给我的印象算是最凄凉的，但我也实在没有理由去批评他们，虽然我心里有点责备而且同情于那位男子。总之北平总是近乎素朴这一方面。我还是来说我对于雨的空想。我如果不来北平住下十几年，一定不是现在这个雨之赞美者，自己也觉得很可笑。宋人词有句曰："隔江人在雨声中。"这个诗境我很喜欢，但七个字要割去上面的两个字，"江"于我是没有一点感情的。"黄鹤楼上看翻船"，虽然在那里住了六七个年头，扬子江我也不觉得它陈旧，也不觉得它新鲜，不能想到它。上面我说我是长江边生长大的，其实真是我的家乡仿佛与长江了无关系，十五岁从家里出来同长江初见面尚在江西省九江县，距家九十里，更小的时候除了小学地理课程外不知有大江东去也。我说"隔江人在雨声中"七个字我只取其五个，那两个字大概是以一把伞代替之，至于这个雨天在什么地方，大约就在北平西直门外三贝子花园随便一个桥上都可以罢。从前做诗的时候，曾有意捏造了一首诗，是从古人的心事里脱胎出来的，诗题曰"画"，其词如左：

嫦娥说，

我未带粉黛上天，

我不能看见虹，

下雨我也不敢出去玩，

我倒喜欢雨天看世界，

当初我倒没有打把伞做月亮，

自在声音颜色中，

我催诗人画一幅画罢。

这总不外乎住在大平原的地方不云不雾天高月明因而害的相思病，没有雨乃雨催诗，所谓"点点不离杨柳外，声声只在芭蕉里"是也。天下岂有这样一尘不染的东西吗？因为雨相思，接着便有草相思，这真是一言难尽的，我还是引一首歪诗来潦草塞责，这首诗是最近在梦里头做的，我生平简直没有这个经验，这一回却有诗为证，因此也格外的佩服古槐居士的"梦遇"，那天清早我一起来就把铅笔记录下来，曾念给槐居士听：

芳草无情底事愁　朝阳梦里泣牵牛
旧游不是长江水　独自藤花鹦鹉洲

事情是这样的，我梦见我到了鹦鹉洲，从前在武昌中学里念书的时候并没有去鹦鹉洲玩过，这回却到了鹦鹉洲，所谓鹦鹉洲者，便如诗里所记，别的什么东西都没有。后来我把这诗一看，便发现了破绽，看草色应该是春天的光景，然而花有牵牛，岂非秋朝么？我在南边似乎没有见过牵牛花，此花我看得最多又莫过北平香山一带，总而言之还是在沙漠上梦见江南草而已。我在北平郊外旷野上走路，总不觉得它单调，它只是令我想起江南草长。最近有一件不幸的事件发生，即是在知堂先生处得见《燕京岁时记》这一册书，书真是很可取，只是我读了一则起了另外一点心事，其记五月的石榴夹竹桃云：

"京师五月榴花正开，鲜明照眼，凡居人等往往与夹竹桃罗列中庭，以为清玩。榴竹之间，必以鱼缸配之，朱鱼数头，游泳其中，几乎家家如此。故京师谚曰，天篷鱼缸石榴树。盖讥其同也。"

　　凡在"京师"住得久的人，我想都得欣赏"天篷鱼缸石榴树"这七个字，把北平人家描写得恰好。此七个字一映入我的眼帘，我对于北平起了一个单调的感觉，但这七个字实在不能移易，大有爱莫能助之慨。原来我爱北平的街上（除了街上洋车拼命的跑），爱北平的乡下，爱北平人物，对于北平的人家，"几乎家家如此"，则颇有难言之感。我还想把北平街上我所心爱的人物说一点，这群人物平常不知道干什么，我也总没有遇见一个相识的，他们好像是理想中的人物，一旦谁家有喜事或有丧事的时候他们便梦也似的出现，都穿上了彩衣，各人手上都有一份执事，有时细看其中有一名就是我们世界一位要饭的老太太，难得她老人家乔装而其实是本面也在这队伍里滥竽，我总不觉得他们也会同我们说话的，他们好像懒于言语，他们确是各人有各人的灵魂，其不识不知的样子之不同，各如其囚首垢面，他们若无其事的张目走路，正如若无其事的走路打瞌睡，他们大约只贪赌博，贪睡觉，在没有走上十字街头以前，还在红白喜事人家的门墙之外的时候，他们便一群一群的作牧猪奴戏，或者好容易得到一块地盘露天之下一躺躺一个黑甜，不知从那里得了一道命令忽然大家都翻起身来干正经的去了，各人有各人一份执事，作棺材之先行，替新姑娘拿彩仗。我的话一定有人不相信的，其实情形确是如此，我知道这些市民都是无产阶级，我由这些人又幻想"梁上君子"——这是说我有点思慕他们，他们决不会到我家里来，而我又明白他们的身分，故我思慕此辈为君子，一定态度很好。十年以前我同一位北大同学谈到北平杠房的人物，他对于我的话颇有同感，他另外还告诉我一件有趣的事情，我曾记录下来作了一点小说材料，他说他有一回在北大一院门口看见人家出殡，十六人抬一棺材，其中有一人一样的负重举步，而肩摩踵接之不暇他却在那里打瞌睡。敢情北京人是真个有闲。匆匆不多写。

废名，五月四日于北平北河沿

《小园集》序

　　此时已是今夜更深十二时了罢，我不如赶快来还了这一笔文债，省得明天早晨兴致失掉了，那是很可惜的事，又多余要向朱君[1]说一句话对不起序还没有写也。今夜已是更深十二时也，我一口气一叶叶的草草将朱君英诞送来的二册诗稿看完了，忍不住笑，忍不住笑也。天下有极平常而极奇的事，所谓乐莫乐兮新相知也。其实换句话说也就是，是个垃圾成个堆也。今日下午朱君持了诗稿来命我在

---

[1] 朱君，即朱英诞（1913—1983），曾于北大任教，与废名探讨新诗。朱英诞生前唯一公开面世的著作为《无题之秋》，《小园集》并没有正式出版。

前面写一点文章，这篇文章我是极想写的，我又晓得这篇文章我是极不能写也，这位少年诗人之诗才，不佞之文绝不能与其相称也，不写朱君又将以为我藏了什么宝贝不伸手出来给人也，我又岂肯自己藏拙不出头赞美赞美朱君自家之宝藏乎，决非本怀也。去年这个时候，诗人林庚介绍一个学生到我这里来，虽然介绍人价值甚大，然而来者总是一学生耳，其第一次来我适在病榻上，没有见，第二次来是我约朱君来，来则请坐，也还是区区一学生的看待，朱君当头一句却是问我的新诗意见，我问他写过新诗没有，他说写过，我给一个纸条给他，请他写一首诗我看，然后再谈话，他却有点踌躇，写什么，我看他的神气是他的新诗写得很多，这时主人之情对于这位来客已经优待，请他写他自己所最喜欢的一首，他又有点不以为然的神气，很难说那一首是自己所最喜欢的，于是来客就拿了主人给他的纸条动手写，说他刚才在我的门口想着做了一首诗，就写给你看看，这一来我乃有点惶恐，就将朱君所写的接过手来看，并且请他讲给我听，我听了他的讲，觉得他的诗意甚佳，知道这进门的不是凡鸟之客，我乃稍为同他谈谈新诗，所谈乃是我自己一首《掐花》，因为朱君说他在杂志上读过这一首诗，喜欢这一首诗，我就将这一首诗讲给他听，我说我的意思还不在爱这一首诗，我想郑重的说明我这首诗的写法，这一首诗是新诗容纳得下几样文化的例证。不久朱君的诗集《无题之秋》自己出版了，送一册给我，我读了甚是佩服，乃知道这位少年诗人的诗才也。不但此也，我的明窗净几一管枯笔，在真的新诗出世的时候，可以秋收冬藏也。所以我在前说一句是个垃圾成个堆，其实说话时忍不住笑也，这一大块锦绣没有我的份儿，我乃爱惜"獭祭鱼"而已。说到这里，这篇序已经渡过难关，朱君这两册诗稿，还是从《无题之秋》发展下来的，不过大势之所趋已经是无可奈何了，六朝晚唐诗在新诗里复活也。不过我奉劝新诗人一句，原稿有些地方还得拿去修改，你们自己请郑重一点，即是洞庭湖还应该吝惜一点，这件事是一件大事，是为新诗要成功为古典起见，是千秋事业，不要太是"一身以外，一心以为有鸿鹄之将至"也。若为增进私人的友爱计，这个却于我无多余，是"獭祭鱼"的话，秋应为黄叶，雨不厌青苔也。是为序。

二十五年十一月三日，废名于北平之北河沿

三竿两竿

梦中我画得一个太阳

人间的影子我想我将不再恐怖

新诗问答

问　可以谈谈关于新诗的意见么？

答　这倒是我喜欢谈的题目。据我所知道的现在作新诗的青年人，与初期白话诗作者，有着很不同的态度。

问　怎样的不同？

答　他们现在作新诗，只是自己有一种诗的感觉，并不是从一个打倒旧诗的观念出发的，他们与中国旧日的诗词比较生疏，倒是接近西方文学多一点，等到他们稍稍接触中国的诗的文学的时候，他们觉得那很好。他们不以为新诗是旧诗的进步，新诗也只是一种诗。

问　你对于这个态度取着什么意见？

答　我以为这个态度是正确的，可以说是新诗观念的一个进步。

问 有些初期作新诗的人，现在都不作新诗了，他们反而有点瞧不起新诗似的，不知何故？

答 据我所知道的初期作新诗的人现在确是不作新诗，这是他们的忠实，也是他们的明智，他们是很懂得旧诗的，他们再也没有新诗"热"，他们从实际观察的结果以为未必有一个东西可以叫作"新诗"。

问 看你的口气，对于刚才所说的两方面似乎都表示同意，然则你对于新诗到底取着什么态度？

答 是的，对于这两方面我都同意，正因为此，我觉得我们才有新诗可谈。然而我首先要谈谈旧诗，我对于新诗能够有我的一点意见，可以说是从旧诗看来的。我所谓旧诗，乃指着中国文学史上整个的诗的文学而说。

问 愿闻其详。

答 要怎样详细的说，我是没有那样的能力的，我只能就我所感得亲切的来说。我觉得中国以往的诗的文学，内容总有变化，虽然总有变化，自然而然的总还是"旧诗"。以前谈诗的人，也并不是不感觉到有一个变化，但他们总以为这是一种"衰"的现象，他们大约以为愈古的愈好。我想这个态度是不合理的。他们不能理会到这是诗的内容的变化，这个变化是一定的，这正是时代的精神。好比晚唐人的诗，何以能说不及盛唐呢？他们用同样的方法作诗，文字上并没有变化，只是他们的诗的感觉不同，因之他们的诗我们读着感到不同罢了。古今人头上都是一个月亮，古今人对于月亮的观感却并不是一样的观感，"永夜月同孤"正是杜甫，"明月松间照"正是王维，"举杯邀明月，对影成三人"正是李白。这些诗我们读来都很好，但李商隐的"嫦娥无粉黛"又何尝不好呢？就说不好那也是没有办法的，因为那只是他对于月亮所引起的感觉与以前不同。又好比雨，晚唐人的句子"春雨有五色，洒来花旋成"，这总不是晚唐以前的诗里所有的，以前人对于雨总是"雨中山果落""春帆细雨来"这一类闲逸的诗兴，到了晚唐人，他却望着天空的雨想到花想到颜色上去了，这也不能不说是很好的想象。我首先所引的李商隐的"嫦娥无粉黛"，也正可以这样解释，他望着月亮，却想到粉白黛绿上去了。感觉的不同，我只能笼统的说是时代的关系。因为这个不同，在一个时代的大诗人手下就能产生前所无有的佳作。我还是拿李商隐来说，我看他的哀愁或者比许多诗人都美，嫦娥窃不老之药以奔月本是一个平常用惯了的典故，他则很亲切的用来做一个象征，其诗有云："嫦娥应悔偷灵药，碧海青天夜夜心。"我们以现代人的眼光去看这诗句，觉得他是深深的感着现实的悲哀，故能表现得美，他好像想象着一个绝代佳人，青天与碧海正好比是女子的镜子，无奈这个永不凋谢的美人只是一位神仙了。难怪他有时又想到那里头并没有脂粉。

问 这样说倒很有趣，只是能够断定这一定是作诗人当时的意思吗？

答 这话自然很难说，不过我们可以从他的许多诗看出他的灵魂之一致处。他爱用嫦娥与东方朔的典故，大约前者象征理想，后者象征现实，所以他说"窃药偷桃事难兼"。这还近乎表面的说法，若我们探到灵魂深处，可以窥见他对于颜色的感觉，他的诗中关于"月"与"夜"与"花"的联想似乎很特别，如李花诗有"自明无月夜"之句，白菊有"繁花疑自月中生"，又如"深夜月当花""独夜三更月，空庭一树花"，我觉得这样的感觉在以前的唐诗里似少见，杜甫有"暗水流花径"，但杜诗引起读者的联想似乎只在夜里的水流，同"石泉流暗壁"一样的是杜甫的句子，倒是张籍的"夜月红柑树，秋风白藕花"动人颜色之感，至少我个人是如此。李商隐关于牡丹的诗每每说到夜里去了，《僧院牡丹》诗有"粉壁正荡水，缃帏初卷灯"之句，另外有一首《牡丹》，起头用些夜的典故，最后两句"我是梦中传彩笔，欲书花叶寄朝云"，我想这真当得起西洋批评家所说的 Grand Style①，他大约想象这些好看的花朵，虽然是黑夜之中，而颜色自在，好比就是诗人画就的寄给明日的朝阳。这样大抵就是"梦想"，也就是感觉过敏，对于现实太浓，势非跑到天上去不可了。他在另一牡丹诗里有两句"应怜萱草淡，却得号忘忧"，或者可以帮助我们解释这个意思。倘若我的话不是说得完全无稽，则前人把唐诗分作几期以为气体有盛衰之别，不能说是得其真相，他们何曾理会到内容的变化呢？各时代的诗都可作如是观，三百篇，古诗十九首，魏晋的诗，我们今日接触起来，都感得出这些诗里情感的变化。宋人姜白石的诗我读了也很新鲜（我以为白石词不如诗），觉得这也确不是唐诗里有的。我对于词，也感着一个内容的变化，《花间集》大体说来好比是绘画，宋人词好比是音乐，前者写色，后者写情。南宋人也自有他的内容，好比史邦卿②咏雨的句子"临断岸新绿生时，是落红带愁流去"，这种情思实在很佳，却好像不是北宋所有的。中国的诗的文学，到词为止，都是令我自然而然的注视其各自的内容，到了元曲，我的看法却不同，我觉得曲，还是诗，但以诗的文学这个标准来论曲，它似

---

① 意为"庄重文体"。
② 史邦卿，即史达祖（1163—1220?），南宋词人。

乎没有什么特别的内容，只是体裁上由词而变成曲，所以我以为曲还是诗而没有独自的诗的价值，曲在文学史上的价值当以另一个观点去看。总而言之，我以为中国的诗的文学，到宋词为止，内容总有变化，其体裁也刚刚适应其内容，那一些诗人所作的诗都应该算是"新诗"，而这些新诗我想总称之曰"旧诗"，因为他们是运用同一性质的文字。初期提倡白话诗的人，以为旧诗词当中有许多用了白话，因而把那些诗词认为白话诗，我以为那是不对的，旧诗词，即我所称的"旧诗"，实在是在一个性质之下运用文字，那里头的"白话"是同单音字一样的功用，这便是我总称之曰"旧诗"之故。这样的诗的体裁，其所能表现的内容大约已经应有尽有，后人要再作诗填词，恐怕只是照壶卢画样，即算作者是天才，也总是居于被动的地位，体裁是可以模仿的，内容却是没有什么新的了。在另一方面后来有许多新的文学，如明人的散文，明清的小说，而这些新文学家也都作旧诗，他们的诗却并不怎么了不得，这未必是才力的关系。我再换一个说法，我们从散文与小说看来，古人的文章确是渐渐变到白话上来了，而且是有意的，只看《红楼梦》作者在开卷第一回的表明态度便可知道，他要用"贾雨村言"，奇怪，曹雪芹偏偏还是作旧诗，这颇是令人纳闷的事情。白话文不待新文学运动已经有人写了，而这些写白话文的人不写白话诗，这好像是我们的新诗一个不好的预兆。这自然只是一句笑话，然而我想这里头或者也包含了一点道理。大凡一种新文学，都是这些新文学的作者有一种欲罢不能的势力然后他们的文学成功，至于他们是有意的或是无意的或者还没有关系，词与小说我想都是如此。这种欲罢不能的势力便成为文学的内容，这个内容每每自然而然的配合了一个形式，相得益彰，于是沛然若决江河莫之能御。说到这里我想把我的话作一个了结，我的重要的话只是这一句：我们的新诗首先要看我们的新诗的内容，形式问题还在其次。旧诗都有旧诗的内容，旧诗的形式都是与其内容适应的，至于文字问题在旧诗系统之下是不成问题的，其运用文字的意识是一致的，一贯下来的，所以我总称之曰"旧诗"。

问 然则什么是我们的新诗的内容呢？

答 这个我们还得谈旧诗。我说旧诗的内容尽有变化，其运用的文字却是一个性质，然而旧诗之所以成为诗，乃因为旧诗的文字，若旧诗的内容则可以说不是诗的，而是散文的。这话骤然听来或者有点奇怪，但请随便拿一首诗来读一下，无论是诗也好、词也好，古体诗也好、今体诗也好，其愈为旧诗的佳作亦愈为散文的情致，这一点好像刚刚同西洋诗相反，西洋诗的文字同散文的文字文法上的区别是很少的，西洋诗所表现的情思与散文的情思则显然是两种。中国诗中，像"前不见古人，后不见来者，念天地之悠悠，独怆然而涕下"，确是诗的内容，然而这种诗正是例外的诗。"姑苏城外寒山寺，夜半钟声到客船"，其所以成为诗之故，岂不在于文字么？若察其意义，明明是散文的意义。我先前所引的李商隐的"我是梦中传彩笔，欲书花叶寄朝云"，确不是散文的意义而是诗的，但这样的诗的内容用在旧诗便不称，读之反觉其文胜质，他的内容失掉了。这个内容倒是新诗的内容。我的意思便在这里，新诗要别于旧诗而能成立，一定要这个内容是诗的，其文字则要是散文的。旧诗的内容是散文的，其文字则是诗的，不关乎这个诗的文字扩充到白话。

问 你的意思仿佛可以明白，民间的歌谣大约是你所说的"散文的文字"？

答 歌谣确是可以做我们的新诗的参考，我们的歌谣是散文，但我们的歌谣也还能成为韵文，是自然的形成。我们的新诗如果能够自然的形成我们的歌谣那样，那我们的新诗也可以说是有了形式。不过据我的意见这是不大可能的，事实上歌谣一经写出便失却歌谣的生命，而诗人的诗却是要写出来的。写出来，文字上能成为诗，那正是旧诗。所以有人怀疑我们是不是有一个东西可以叫做新诗，那正是从诗的形式上实际观察的结果。

问 难怪你始终只是谈内容，我们的新诗首先要看我们的新诗的内容，原来新诗的诗的形式并没有！

答 我不妨干脆的这样说，新诗的诗的形式并没有。但我相信我们的时代正是有诗的内容的时代，我们的新诗正应该成功，也必得真有我们的新诗出现，我们的新文学才最有意义，单是散文的成绩，我们的新文学未必足以夸过古人，因为我们的散文本可以有一个形式上的成功，那怕文章的实质还赶不上古人。若我们的新诗成功了，我们的散文也必更有新的散文，恐不是一般人所能窥测的。这些话都近乎空话，有些固然是我自己信得过的，有许多则很出乎我的能力之外，不应该谈，其言不达意处，更请原谅。

诗及信

一

鹤西：两首诗我读了果然喜欢，就此贺你了。今早看了你的这两首诗，我也提起笔来写一首了，你知道，我写诗完全是一个偶然，近来简直不有诗兴，也自己知道我是不会有诗兴的，只是喜欢看别人有诗，但前日夜里忽然有一个诗的感觉，自己觉得这感觉很好，但也就算了，不想用纸笔把它留下来的，接到你的诗，为得表示欢喜起见，我乃同算算学一样把我的前夜的诗用符号记录如下——

我是从一个梦里醒来，

看见我这个屋子的灯光真亮，

原来我刚才自己慢慢的一个现实的世界走开了

大约只能同死之走开生一样，——

你能说这不是一个现实的世界么？

我的妻也睡在那壁，

我的小女儿也睡在那壁，

于是我讶着我的灯的光明，

讶着我的坟一样的床，

我将分明的走进两个世界，

我又稀罕这两个世界将完全是新的，

还是同死一样的梦呢？

还是梦一样的光明之明日？

你看了以为何如？不吝棒喝是幸。匆匆不多及。

废名　十月十七日

二

之琳兄①：你叫我把鹤西给我的信同我复他的信交给

---

① 之琳兄，指卞之琳（1910—2000），诗人、翻译家。

你拿去发表，因为那里头有诗。我想鹤西的信或者单抄诗给你那是应该的，我的复信却没有什么意思，因为我的那首诗我觉得不好。鹤西的这两首诗我很喜欢，大约因为我怀念他，他远远的在那个没有"落叶树"的地方住了一年又回来了，若在不知作者行踪的人读来恐要隔膜一点。前天我在《水星》上读了足下的《道旁》，又很有恭贺你的意思，这种诗我读来很感觉新鲜，看来拙，其实巧；似造作，其实自然。足下诗篇于诗的空气之外又更有文章的 style。总而言之是一个新的"清新"。我复鹤西的信里所写的一首诗，虽然是想如实的画下来，其结果与当时的感觉却很不一样，当时的感觉并没有那么多的"大话"，只是玲珑朴质可喜，看了你的《道旁》我乃另外用一个方法来描画一下，结果仍是失败，兹照抄于后。

糊糊涂涂的睡了一觉，
把电灯忘了拧，
醒了难得一个大醒，
冷清清的屋子夜深的灯。
目下的事情还只有埋头来睡，
好像看鱼儿真要入水，

奇怪庄周梦蝴蝶

又游到了明日的早晨。

废名　十一月十六日

永远是黑暗和林庚[①]

　　今早读了诗人林庚《"光明在前面"》一篇佳作，他大约是可恶拿着"光明在前面"这一面旗子在市场上招摇的人而说的，即是说他不喜欢空头文学家"光明在前面"这一个口号。我今也来喊一个口号："永远是黑暗！"我其实是一个哲学家的说法，即所谓"逝者如斯夫，不舍昼夜"也。又像做一日和尚撞一日钟山门上贴春联，"暮鼓晨钟惊醒世间名利客"也。总而言之，合乎真理，人间若是久长时，正在朝朝暮暮也。再换一个说法，那才更是我的本意，

---

① 林庚（1910—2006），诗人、古典文学学者。《莫字》一文中的"侵君"即林庚。

更合乎科学的认识，即是说世界确乎永远是黑暗，因为永远是光明。地球上的光明是太阳给我们的，地球上的黑暗也是太阳给我们的，黑暗这两个字，即是光明这两个字，因为黑暗等于光明，是一个东西也。又即是虚空。不过本着这个认识，未免将陷于悲观。悲观又因为乐观，所以悲观又不能成立。那么我的态度是一个大无畏的精神了。从前写了一首新诗，抄奉新诗人郢政：

    梦中我画得一个太阳

    人间的影子我想我将不恐怖

    一切在一个光明底下

    人间的光明也是一个梦

蝇

　　我故意取这一个字做题目，让大家以为我是讨厌苍蝇。我的意思不是那样，我是想谈周美成①的一首词，看他拿蝇子来比女子，而且把这个蝇子写得多么有个性，写得很美好。看起来文学里没有可回避的字句，只看你会写不会写，看你的人品是高还是下。若敢于将女子与苍蝇同日而语之，天下物事盖无有不可以入诗者矣。在《片玉集》卷之六"秋景"项下有《醉桃源》一首，其词曰：

　　　　冬衣初染远山青，双丝云雁绫。夜寒袖湿欲成冰，

① 周美成，即周邦彦（1058—1123），北宋词人。

122

都缘珠泪零。情黯黯，闷腾腾，身如秋后蝇。若教随马逐郎行，不辞多少程。

杜甫诗，"况乃秋后转多蝇"，我们谁都觉得这些蝇儿可恶，若女儿自己觉得自己闷得很，自己觉得那儿也不是安身的地方，行不得，坐不得，在离别之后理应有此人情，于是自己情愿自己变做苍蝇，跟着郎的马儿跑，此时大约拿鞭子挥也挥不去，而自己也理应知道不该逐这匹马矣。因了这个好比喻的原故，把女儿的个性都表现出来了，看起来那么闹哄哄似的，实在闺中之情写得寂寞不过，同时路上这匹马儿也写得好，写得安静不过，在寂寞的闺中矣。因了这匹马儿，我还想说一匹马。温飞卿①词，"荡子天涯归棹远，春已晚，莺语空肠断。若耶溪，溪水西。柳堤，不闻郎马嘶"。第一句写的是船，我看这只船儿并不是空中楼阁，女儿眼下实看见了一只船，只是荡子归棹此时不知走到那里，"千山万水不曾行"，于是一只船儿是女儿世界矣。这并不是我故意穿凿，请看下面这一匹马，"柳堤，不闻郎马嘶"，同前面那只船一样的是写景，柳堤看见马，盼不得郎马——不然怎么凭空的诗里会有那么一个声音的

---

① 温飞卿，即温庭筠（812—866），晚唐诗人、词人。

感觉呢？船是归棹，马也应是回来的马，一个自然要放在远水，一个又自然近在柳堤矣。这些都是善于描写女子心理。

莫 字

  李后主有名的《浪淘沙》，我在大学预科的时候还是很喜欢，动不动就"帘外雨潺潺"的哼唱起来，后来乃觉得像这样的诗写得并不好，虽然作者的感情我还以为是真的。这样的诗，若借用王静安①的一个字，我以为正是"隔"。大凡诗之所给读者的，不是作者作诗的情绪，应是作者将这个情绪写成的诗，写得"不隔"才是不隔。什么"罗衾不耐五更寒。梦里不知身是客，一晌贪欢"，大约可以博得少年们的欢喜，只是诗的调子读起来像煞有价事而已，其实写得很粗浮。就连"问君能有几多愁，恰似一江春水向

---

① 王静安，即王国维（1877—1927），近代著名学者。

东流"，我以为也不及秦少游的"飞红万点愁如海"。我曾将这点意思同侵君谈，他反诘我道："那么，车如流水马如龙，花月正春风，不好吗？"我应之曰好，这确乎乃是写得好。我今天写这篇小文的意思乃是来谈《浪淘沙》里的"莫"字，我一晌是把"独自莫凭阑"之莫，读作暮，有一天捧读槐居士《读词偶得》，他说莫就是莫，不宜读为暮也。槐居士引后主《菩萨蛮》"高楼谁与上"之句作参证，高楼谁与上，非即独自莫凭阑之孤况欤？这一解使我眼明，我对于李后主的《浪淘沙》乃稍有好感，仿佛这一个莫字可以拗得起"无限江山"的情感似的。我自己觉得有趣的乃是另外两个诗人的莫字我平常很喜欢，一是"楼高莫近危阑倚"，一是"劝君莫上最高梯"，来得儿女缠绵，诗情深美，何独把李后主看得那么老实总以为他是老老实实的告诉我们日暮之时他独自凭阑去乎？

上文是写这篇小文的本意，一面写一面再翻阅槐居士的解词，一面又读《浪淘沙》，看来看去，我乃又觉得事情不妙，"独自莫凭阑"恐怕还是说日暮之时他独自凭阑去。此事本无关闳旨，反正我是不喜欢《浪淘沙》的。后主词另有"无言独上西楼"之句，我就以之搪塞槐居士。

三竿两竿

　　中国文章，以六朝人文章最不可及。我尝同朋友们戏言，如果要我打赌的话，乃所愿学则学六朝文。我知道这种文章是学不了的，只是表示我爱好六朝文，我确信不疑六朝文的好处。六朝文不可学，六朝文的生命还是不断的生长着，诗有晚唐，词至南宋，俱系六朝文的命脉也。在我们现代的新散文里，还有"六朝文"。我以前只爱好六朝文，在亡友秋心居士①笔下，我才知道人各有其限制，"你

---

① 秋心居士，指梁遇春，《斗方夜谭》一文中提到的"愁""一字君"亦指梁遇春，后不再注。

不能做我的诗，正如我不能做你的梦"①，此君殆六朝才
也。秋心写文章写得非常之快，他的辞藻玲珑透彻，纷至
沓来，借他自己《又是一年芳草绿》文里形容春草的话，
是"泼地草绿"。我当时曾指了这四个字给他看，说他的泼
字用得多么好，并笑道："这个字我大约用苦思也可以得
着，而你却是泼地草绿。"庾信文章，我是常常翻开看的，
今年夏天捧了《小园赋》读，读到"一寸二寸之鱼，三竿
两竿之竹"，怎么忽然有点眼花，注意起这几个数目字来，
心想，一个是二寸，一个是两竿，两不等于二，二不等于
两吗？于是我自己好笑，我想我写文章决不会写这么容易
的好句子，总是在意义上那么的颠斤簸两。因此对于一寸
二寸之鱼，三竿两竿之竹很有感情了。我又记起一件事，
苦茶庵长老曾为闲步兄②写砚，写庾信《行雨山铭》四句，
"树入床头，花来镜里，草绿衫同，花红面似。"那天我也
在茶庵，当下听着长老法言道："可见他们写文章是乱写
的，四句里头两个花字。"真的，真的六朝文是乱写的，所
谓生香真色人难学也。

---

① 为胡适《梦与诗》中的句子。
② 闲步兄，即沈启无（1902—1969），诗人，学者。

陶渊明爱树

　　世人皆曰陶渊明爱菊，我今来说陶渊明爱树。说起陶公爱树来，在很早的时候我读《闲情》一赋便已留心到了。《闲情赋》里头有一件一件的愿什么愿什么，好比说愿在发而为泽，又恐怕佳人爱洗头发，岂不从白水以枯煎？愿做丝而可以做丝鞋，随素足周旋几步，又恐怕到时候要脱鞋，岂不空委弃于床前？这些都没有什么，我们大家都想得起来，都可以打这几个比方，独有"愿在昼而为影，常依形而西东，悲高树之多荫，慨有时而不同"，算是陶公独出心裁了，我记得我读到这几句，设身处地的想，他大约是对于树荫凉儿很有好感，自己又孤独惯了，一旦走到大树荫下，遇凉风暂至，不觉景与罔两俱无，唯有树影在地。大凡老农老圃，类有此经验，我从前在乡下住了一些日子，亦有此经验也。所以文章虽然那么做，悲高树之多荫，实乃爱树荫之心理。稍后我读《影答形》的时候，见其说着"与子相遇来，未尝异悲悦，憩荫若暂乖，止日终不别"，已经是莫逆于心了。在《止酒》一诗里，以"坐止高荫下"与"好味止园葵，大欢止稚子"相提并论，陶公非爱树而何？我屡次想写一点文章，说陶渊明爱树，立意却还在介绍另外一首诗，不过要从爱树说起。陶诗《读山海经》之九云：

> 夸父诞宏志，乃与日竞走。
> 俱至虞渊下，似若无胜负。
> 神力既殊妙，倾河焉足有。
> 余迹寄邓林，功竟在身后。

这首诗我真是喜欢。《山海经》云，夸父不量力，欲追日景，逮之于禺谷，渴欲得饮，饮于河渭，河渭不足，北饮大泽，未至，道渴而死，弃其杖，化为邓林。这个故事很是幽默。夸父杖化为邓林，故事又很美。陶诗又何其庄严幽美耶，抑何质朴可爱。陶渊明之为儒家，于此诗可以见之。其爱好庄周，于此诗亦可以见之。"余迹寄邓林，功竟在身后"，是作此诗者画龙点睛。语云：前人栽树，后人乘荫，便是陶诗的意义，是陶渊明仍为孔丘之徒也。最令我感动的，陶公仍是诗人，他乃自己喜欢树荫，故不觉而为此诗也。"连林人不觉，独树众乃奇。提壶挂寒柯，远望时复为"，他总还是孤独的诗人。

钓　鱼

　　我出这个题目，很有点近乎赋得。在我的灵魂里连一丝钓鱼的影子也没有，只有竹竿，然而我写了这个题目动手写文章了。今天下午得到古渔翁寄来的一封信，信封是砖鱼，信纸又恰是渔翁用具的画，其八行则是子钓而不"钓"的空气，寒斋甚得快乐，心想我来写一个钓鱼的题目罢，于是就写了这一个题目，很有点像古渔翁当年写《金鱼》。我不知怎的小时有许多可记忆的事情，也记得钓鱼，最记得族里一位叔叔钓，这件事情却与我没有关系，即是说钓鱼于我没有感情，我直觉我不能写出一篇钓鱼的文章来，他如放风筝我大约可以写得佳作，再如钓鱼用的竿子也可写得佳作。记得故乡城外河边竹林里儿时曾如何的想到那里得一竿竹子，有时望着竹林动了偷心，想偷得一竿竹子跑。看见人家在那里买竹子拿去作钓竿，家里却不给钱我也来买一竿竹子了。我只喜欢有这一竿竹子。我为什么不喜欢钓鱼，从小如此，说不出所以然来，但勉强推求起来，这里恐怕很有原故，关乎个人的性格。就到现在，孔夫子我事事佩服，唯独他老先生"钓而不纲，弋不射宿"两桩行事，我读之毫无爱好，这不是从品行上立论，乃是从兴趣立论。若印度圣人"投身饲饿虎"的故事，我读之大有冯妇攘臂下车的欢喜，我觉得我能了解这个意思。孔子钓鱼的意思则不能了解。这些都不是从品行上论，乃从兴趣立论，若论品行我岂敢开口。我对于钓鱼打猎虽无兴趣，若知道孔圣人怎么钓鱼，怎么打猎，却是有趣味的事情。他如他老先生爱听音乐，"三月不知肉味"，记得很幽默。我所觉得好玩的，他老先生在卫敲磬，门外挑草器的普罗同志何以爱管闲事，同他老人家挑眼儿作诛心之论？说到这些，孔子钓鱼，我又仿佛能以了解。

中国文章

　　中国文章里简直没有厌世派的文章，这是很可惜的事。我这话虽然说得有点儿游戏，却也是认真的话。我说厌世，并不是叫人去学三闾大夫葬于江鱼之腹中，那倒容易有热衷的危险，至少要发狂，我们岂可轻易喝彩。我读了外国人的文章，好比徐志摩所佩服的英国哈代的小说，总觉得那些文章里写风景真是写得美丽，也格外的有乡土的色彩，因此我尝戏言，大凡厌世诗人一定很安乐，至少他是冷静的，真的，他描写一番景物给我们看了。我从前写了一首诗，题目为"梦"，诗云：

　　　　我在女子的梦里写一个善字，

我在男子的梦里写一个美字，

厌世诗人我画一幅好看的山水，

小孩子我替他画一个世界。

　　我喜读莎士比亚的戏剧，喜读哈代的小说，喜读俄国梭罗古勃的小说，他们的文章里却有中国文章所没有的美丽，简单一句，中国文章里没有外国人的厌世诗。中国人生在世，确乎是重实际，少理想，更不喜欢思索那"死"，因此不但生活上就是文艺里也多是凝滞的空气，好像大家缺少一个公共的花园似的。延陵季子挂剑空垅的故事，我以为不如伯牙钟子期的故事美。嵇康就命顾日影弹琴，同李斯临刑叹不得复牵黄犬出上蔡东门，未免都哀而伤。朝云暮雨尚不失为一篇故事，若后世才子动不动"楚襄王，赴高唐"，毋乃太鄙乎。李商隐诗，"微生尽恋人间乐，只有襄王忆梦中"，这个意思很难得。中国人的思想大约都是"此间乐，不思蜀"，或者就因为这个原故在文章里乃失却一份美丽了。我尝想，中国后来如果不是受了一点儿佛教影响，文艺里的空气恐怕更陈腐，文章里恐怕更要损失好些好看的字面。我读中国文章是读外国文章之后再回头来读的，我读庾信是因为了杜甫，那时我正是读了英国哈代的小说之后，读庾信文章，觉得中国文字真可以写好些美丽的东西，"草无忘忧之意，花无长乐之心""霜随柳白，月逐坟圆，"都令我喜悦。"月逐坟圆"这一句，我直觉的感得中国难得有第二人这么写。杜甫《咏明妃诗》对得一句"独留青塚向黄昏"，大约是从庾信学来的，却没有庾信写得自然了。中国诗人善写景物，关于"坟"没有什么好的诗句，求之六朝岂易得，去矣千秋不足论也。

庾信《谢明皇帝丝布等启》，篇末云"物受其生，于天不谢"，又可谓中国文章里绝无而仅有的句子。如此应酬文章写得如此美丽，于此见性情。

罗袜生尘

自来写美人诗句，无论写神女写凡女，恐无过"凌波微步，罗袜生尘"两句之佳，这两句大约亦最晦涩，古今懂得这两句话的人据我所知大约有两个人。我的话很有点近乎咄咄逼人，想一句话压倒主张诗要明白的批评家似的，其实不然，我是衷心的喜爱这两句文章，而文章又实在是写得晦涩罢了。多年以前，我因为不解《洛神赋》里头这"凌波微步，罗袜生尘"两句怎么讲，两句其实又只是一个尘字难解，明明是说神女在水上走路，水上走路何以"生尘"呢？可见我是很讲逻辑的，平日自己做诗写小说也总是求与事理相通，要把意思写得明明白白，现在既然遇着这一个不合事理的尘字，未免纳闷，乃问之于友人福庆居

137

士，问他"凌波微步，罗袜生尘"的尘字怎么解。他真是神解，开我茅塞。原来"凌波微步，罗袜生尘"就在一个尘字表现出诗来，见诗人的想象，诗的真实性就在这一个字。福庆居士若曰，正惟凌波生尘，乃是罗袜微步，她在水上走路正同我们在尘上走路，否则我们自己走路的情形，尘土何足多。不知诸位如何，我自从听了福庆居士的讲，乃甚喜爱曹植这两句诗，叹为得未曾有。后来又恍然大悟，李商隐有一首《袜》诗云："尝闻宓妃袜，渡水欲生尘。好借常娥著，清秋踏月轮。"因为"渡水欲生尘"是一个真实的意象，故宓妃袜常娥素足着之乃很有趣味，犹之乎摩登女子骑脚踏车驰过，弄得人家满眼路尘，何况天上的路清秋月轮乎？故我说懂得"凌波微步，罗袜生尘"这两句话至少有两个人，福庆居士我当面听了他的讲，李商隐我们看见他这个袜也。

关于"夜半钟声到客船"

这篇小文是远在第二次世界大战以前预备登在朱孟实①先生编的《文学杂志》上答复房先生的，后来战事发生，《文学杂志》停刊，区区小文章根本没有寿命之可言，也无所谓死亡了。孰知他依然活在，藏在北平的箱中。今夜友人又偶然谈起"夜半钟声到客船"，乃再拿出来发表，想不到他有这样的历史，经过了一次大战争。

我在一篇小文里讲到"夜半钟声到客船"，据我的解释

---

① 朱孟实，即朱光潜（1897—1986），美学家。

是说夜半钟声之下客船到了。文章未发表前，曾经被一位朋友考过，后来我又拿去考了别人，现在房先生见了我的文章又写信来问我，问我的解释不算错么？据大家的意思是说夜半的钟声传到客人的耳朵。只有从小住在苏州的一个人与我同意，他当然也不能替我做证明，因为我错他也错了。此事只有张继一人不许错。我的解法，是本着我读这诗时的直觉，我不觉得张继是说寒山寺夜半的钟声传到他正在愁眠着的船上，只仿佛觉得"姑苏城外寒山寺，夜半钟声到客船"这两句诗写夜泊写得很好，因此这一首《枫桥夜泊》我也仅喜欢这两句，另外不发生什么问题。不过前回被一位朋友考了之后，我曾翻阅《古唐诗合解》，诗解里将"到客船"也是作客船到了解，据说这个客船乃不是"张继夜泊之舟"，是枫桥这个船埠别的客船都到了，其时张继盖正在他的船上"欲睡亦不能睡"的光景，此点我亦不肯同意，只在拙作小文里将"客船"二字的含义来得含糊一点，不显明的说是张继的船，其实私意确是认为是张继的船。那么这一首七绝准我这样解两句，与前两句的意思贯串不呢？我想也贯串。"姑苏城外寒山寺，夜半钟声到客船"正是枫桥夜泊非是他处夜泊，亦非是枫江来来往往正在夜行的船上夜半听见寒山寺打钟。姑苏城外寒山寺夜半钟声到客船既已是枫桥夜泊则"月落乌啼霜满天，江枫渔火对愁眠"亦都是枫桥夜泊，非是他处夜泊，否则月落乌啼江枫渔火不独姑苏城外为然。我想唐人做诗未必是做题目，依拙解此诗没有题目似亦可解其事。如是姑苏城外寒山寺夜半钟声传到愁眠的耳朵里，则非先写下夜泊的题目不能决定其为夜泊。我个人只是喜欢"姑苏城外寒山寺，夜半钟声到客船"这两句诗好，其实就是句子写得好，将平常的事情写成一种诗韵的和谐似的，最见中国诗的长处。若夫什么地方的钟声传到愁人的耳鼓，诗情固然更重，诗趣反而减少——张继如果真是那样说，他或者还不把姑苏城外寒山寺一齐搬出来，一齐搬出来显得头大尾小，其因缘岂不只在于说那个庙里的钟声么？正惟是写一个泊船的地方，故将这个地方半夜里船到的情景写得很好。我这话说得很玄，文章千古事，得失寸心知，妄议别人的诗文，又只能说是个人的意见而已。

斗方夜谭

一

　　昨天看见鹤西的一篇小文章，大意是说他无意作文罢。他大概也不会有人去请他登台演说，既然这个也"无意"，那大概就是沉默。其实我们没有赶上军事训练的人，当然拿不起枪杆，那还是练习捏笔杆为得计，等到自己真有那么的好运气，有一支五色笔装在怀里，那就有朝一夜给人家要去了，那倒又是一个好运气。然而我真有点"悲哀"，已成老翁但未白头耳，实在的以不要我做什么事为了事，静坐当然办不到，我就宁愿昼寝——可见也并不是怎样懒惰，睡了一天两天之后，甚至于一月半月，忽然又一跃而

142

起，不甘沉默，简直就欲罢不能，这就是说又捏起了笔了也，这大概真正可以算得游戏之作，把这个意思再找一个名词来翻译一下，大概就是所谓"杰作"。然而天下生活之法无论怎样的多，而没有一样是完全由得你的，认清了这个，苦恼或者更少一点，至于"欢喜"是不是因此也减少一点则我尚未曾统计。说了一半天尚没有说到题目，而我的题目到底是什么意思，等待要说明它又仿佛不大明白，我只是打算从即日起赶一点夜工也。这样的工作就替它取一个名字叫做"义务"罢。这两个字我加了一个引号，就是表明"不大明白，有点糊涂"。人生四日八餐何莫而非义务乎？然而口之于味也有同嗜焉，东西要好吃至少算得我们一生的一半的快乐。作斗方夜谭。

二

好久好久以前从荒货摊上买得一部《昌谷集》，有着莫名其妙的注解的。我没有读过书，那是不待说的，拿去问了一位读过书的朋友，他也说这罕见，就算它是海内孤本罢，花一元二买了来。这几个注诗的人（好几个人合注的），我想都不过是斗方名士罢，（糟糕，我的"斗方夜谭"这名字取得不小心了，自己挖苦了一下！完全老实的说，我有一个最不好的脾气，最不喜欢人家叫我什么"名士"之类，岂但不喜欢，简直就讨厌之至，大小反正是一样。从我的迂腐的眼光看来，时下所谓"普罗"作家，也都是努力想列于名士之阶级。我的斗方云者，只是说我不喜欢住大房子，精神照顾不了，喜欢住一间小屋子），实在难登大雅之堂，在原诗《感讽》第三首后面引了两句诗，我却以为是佳句，的是可喜，要介绍一下，原诗当然是好，如下：

南山何其悲　鬼雨洒空草
长安夜半秋　风前几人老
低迷黄昏径　袅袅青栎道
月午树无影　一山唯白晓
漆炬迎新人　幽圹萤扰扰

这真算得"鬼诗"。所引的一位姓范的先生的两句为：

雨止修竹间　流萤夜深至

这位范先生自己也以为"语太幽，殆类鬼作"。

三

冬夜，在西城根臭胡同Y兄之寓里，几个友人围炉谈闲天，喝清茶，几乎是再也难得的快乐的时光。本来不算少的四五个人到了今年就零落了，各人都去干什么，为什么，走了。聚谈本来要少长咸集才最有意思，若只剩了我们这一两个不大不小的家伙，朝夕见面，真是枯坐得很，谈什么呢？首先就没有那个恋爱的佳话可以插得嘴进去。然而人总是有杀风景的地方，至少我总是觉得我不好，又可气又可笑，但也好玩，反正事过境迁，别人早已忘记了，人都不会记得他所听见的人家讲给他听的道理，只各人自己生活上的"故事"才牢牢的锁住不放。记得有一夜正是故事谈得高兴的时候，我忽而从Y的桌上翻开一本《庄子》看，一翻翻到这一节文章，"舜以天下让其友北人无择。北人无择曰：'异哉后之为人也，居于畎亩之中而游尧之门，不若是而已，又欲以其辱行漫我，吾羞见之。'因自投清泠之渊。"我顿时很喜欢，仿佛是今天才寓目的一本新书似的，觉得这样的人真迂腐得有趣，可以不要天下，而也就因为这一点乱子而"自投清泠之渊"。又翻到这一节："舜以天下让善卷。善卷曰：'余立于宇宙之中，冬日衣皮毛，夏日衣葛绨，春耕种形足以劳动，秋收敛身足以休食，日出而作，日入而息，逍遥于天地之间，而心意自得，吾何以天下为哉？悲夫，子之不知余也。'遂不受，于是去而入深山，莫知其处。"我乃更是忍不住，也听不见大家在那里笑闹一些什么，指着要F君看，简直是要捏住他的耳朵把他拉拢来的样子，而言曰："你看，这一节文章，这一个'悲夫'，实在不能当作你们平常用的惊叹号随便看去，这两个字，加一个惊叹符号，足足有一千斤！这个人总算是旷达极了，然而不能忘情于人之不相知，'悲夫，子之不知余也。'这真是很有意思的事。"F君他当然要敷衍我一下，给我逼得无法，只好唯唯说是了，实在他此时心不在焉。一会儿我就很是自窘，茶余酒后讲这一套话干什么呢？于是转过身去故意同F君讲别的笑话了。今日之夜，思念朋友，惘然于那个良辰美景，因之还觉得"昨日之我"大可爱。

四

吾友平伯兄与余相识算晚，风流儒雅，海内知名，天下的人物真是"那样的旧而又这样的新"也。与古为徒，大概也算得人生一乐，至少接触时髦是怪容易令人有一个

146

"不好玩"。这一些佳趣，我只好同喝茶一样，香在口，无须你喝彩。然而座中平伯无头无尾的说辛稼轩①这两句不错："不恨古人吾不见，恨古人不见吾狂耳。"平伯曾指其庭院一棵大树顾我而言曰："这棵树比这个房子年纪大。"我一看是殷仲文之槐，生意不尽。他不晓得我是真爱看树的。

五

"因材而教"，实在不是一个不费工夫而得到的资格。我们都太爱说话，爱表现自家。孔圣人实在是圣人，我们无论如何只好承认。平伯说的很有趣，子贡问伯夷叔齐何人也，老师只随随便便的答应一句就算了，"古之贤人也。"再问才照答，说了那一句要紧的话。我们终日饶舌，果有所知乎哉？有所知亦迫不及待，生怕人家说我不懂，其实所表现的恐怕都是你自己也。虽然，"赐也徒能辩，乃不见吾心"，亦云悲矣。百世以下，殊堪嘉奖。

我们都喜欢做诸葛亮陶潜合论，论旨大概也差不多，中国的圣人之徒车载斗量，真是"汗牛之充栋"焉，这两位倒不见得言必道孔孟，倒羽扇纶巾好一个"儒者气像"！

---

① 辛稼轩，即辛弃疾（1140—1207），南宋词人。

平伯又说得有趣，诸葛先生，不出来大概就不出来罢，一出来就真个鞠躬尽瘁。我看这位山人殊精明得可以，别的且不谈，你看他那《出师表》，说来说去可不都是一个意思，知道孺子之不可教吗？早就担心那个"宫中府中"的把戏。这真是一篇不是文章的文章，气象万千，令人喜爱。糟糕，我这大有《古文观止》的模样。

六

很早的时候平伯看了我的《桥》，曾对我说过："看你书中的主人公，大有不食人间烟火之感。"当下我很吃一惊，因为完全出乎我的意外，自己当然总是给自己蒙住了，我万万想不到我这个"恶劣"家伙的出产原来可以得到那一个当头棒，后来我仔细一想，平伯的话是对的，或者旁观者清亦未可知，因之我写给平伯的信有云："我是一个站在前门大街灰尘当中的人，然而我的写生是愁眉敛翠春烟薄。"

七

在开章第二回就说了我不喜欢住大房子，那是的确的——我几时撒过谎？然而有一回同"吾家"君培①在午门外走路，我忽而得意极了，赶紧掉身向他道："别的事情我真不想做，到了今日之我，如果罚我做皇帝，把我一个人关在这个城墙里头，我真有点喜欢。"把他那一个笑罗汉说得个嘻哈笑，我则立地已经返老还童，简直是安徒生手下的孩子，"你不要打我！"他拍我一肩也。当下我觉得我丰富得很，在天下没有皇帝之日，且将团扇共徘徊，我真什么也不要了。从前我还想遇见狐仙，现在这个也不想。然而暗暗的又好像在那里爱玩两件东西，大概又想——"偷！"（齐天大圣到此一游，法官注意！）从前逛历史博物馆，看见有宝剑一口，逛故宫东路看见骰子一副，那真是古而不老之物，小子不禁如临深渊焉。到今年，这两个地方先后我又各去了一趟，行到水穷处，坐看云起时，然而看来看去，"我的东西"好像真个没有了，这倒"奇矣"！因此街谈巷议关于"古物"的消息，我也落了耳朵听，看是不是真有什么丢了，那我也可以有诗为证也。

---

① 君培，即冯至（1905—1993），诗人、学者。

八

昔者朱彝尊①不能不填几首词儿，而曰："我不想吃圣庙的那一块冷猪肉。"当初我以为不过是文人的聪明话，自然也有他的风趣，慨自取消布尔的个人主义之空气大浓以后，我乃对于前朝这一位词人的话，颇有所得。

九

在北京住了几年，常觉得看不见江南的云，于是我就怅望于那一位盲诗人②的《桃色的云》。去年夏天住在西山，上到山上一个亭子坐着玩，细看壁上十方游客各人留下各人的名字，某年某月某日游此，有的大概是受了钱玄同先生的影响，某年是一千九百几十几，有的则是干支，省事的则权用了亚拉伯③号码，新式标点，有的是芳名，有的则就是丘八焉，因为下注有某团某营，于是我才悟到中国是

---

① 朱彝尊（1629—1709），清代文学家、学者。
② 盲诗人，即爱罗先珂（1890—1952），俄国诗人，童话作家。《桃色的云》为爱罗先珂所著童话剧，1922年由鲁迅译成中文。
③ 亚拉伯，现通译为阿拉伯。

一个"不朽"之国，朝野上下，此心同，此理同，同时又联想到的是咱们大学堂的那个臭茅厕——我很奇怪，身上居然都顺便带了那一支笔？于是我乃下了一个奋勉之心以后无论如何不要偷懒要写日记——然而，言归正传，我是要说天上飞的那一朵白云也，我坐在那个亭子上看见有一位"他或她"题了一副对子，下联早不记得，上联便是陶渊明先生的"云无心以出岫"。

以上算是一个楔子。

"云无心以出岫，鸟倦飞而知还"，自从上了一趟山以后，我才羡慕这个境界好，是亦古人之糟魄已夫！见卵而求时夜，汝亦大早计矣！然而再要老老实实的说正经话，否则就要不得了。那个境界，不但我，可望而不可即，陶先生他也再三的经了一番苦纠缠，或者始终是一个梦之境也未可知。他是中国历史上最认真生活的一个人。常言道，"神仙都是凡人做"，而世间有的只是求仙的术士耳。《拟古》之六云：

苍苍谷中树，冬夏常如兹，
年年见霜雪，谁谓不知时？
厌闻世上语，结友到临淄，
稷下多谈士，指彼决吾疑。

装束既有日，已与家人辞，

行行停出门，还坐更自思，

不怨道里长，但畏人我欺，

万一不合意，永为世笑之。

伊怀难具道，为君作此诗。

对于一个门槛那样的一脚跨不出来。在一部陶集里，材料无不取之于生活，试问有第二个人相同没有？就截至今日这个文明世界，也很少有这么一个老实而大雅的"爸爸"，"厉夜生子，遽而求火；凡百有心，奚特于我；既见其生，实欲其可；人亦有言，斯情无假。日居月诸，渐免于孩；福不虚至，祸亦易来；夙兴夜寐，愿尔斯才；尔之不才，亦已焉哉。"这实在比胡适之先生的白话诗还应该模仿。世间上的事难在这个"未能免俗"耳。

十

我有两位相好，均是六年之同窗，大概谁都可以唱他一出独角戏，谁也不光顾谁，好比我同他们的一位写好契约借一笔款竟料到居然是大碰一个钉子，其人现在海上，好像是姓沈名海①，说起来真是怪相思的，两个黄蝴蝶，双双飞上天，三千弟子谁个不知，谁个不晓，如今是这一个冰天雪地孤孤单单的刚刚游了一趟北海回来。还有一位，若问他的名姓，是一个愁字了得。话说这一字君，很受了我的奚落，就因为这一个字，但目下已经是四海名扬，大有改不过来之势了。天下事每每悲哀得很，我与一字君几乎一失千古，当年一年三百六十日，一日六小时，我缺课他迟到不算，然而咱们俩彼此都不道名问姓，简直就没有交一句言，而他最是爱说话的，就在马神庙街上夹一本书也总是咕咕哝哝，只不同我同沈海，我时常嘱耳而语沈海曰："这个小孩太闹！"而在最近三日我同一字君打了两夜牌，沈海君远不与焉。沈海君最近丢了诗人不做要"努力做一个庸人"（来信照录），这才引动了今夜我谭话的雅兴。我同一字君捧了他的来信读，我实在忍不住要赞美这一篇庸人论实在是高人的题目，而且有点不敢相信沈海，因为他到底是诗人出身，于是我端端正正的把一字君相了一相，觉得我要佩服他，他的"庸人"大致可以做到一个英雄的

---

① 沈海，即石民（1901—1941），诗人，翻译家，散文家，编辑，著有诗集《良夜与噩梦》。《死者马良材》一文中提到的Ｓ君亦指石民，后不再注。

境界，多福多寿且莫多男子焉。他已经是一位年青的爸爸。沈海君最近才请了医生检查身体，明春再出请帖行结婚礼。说来说去原来言下都是对我下一个针锋，说我则不是一个庸人。于是我们三个中间发生庸人与不庸人难易论战。结果都仿佛有点说我难，虽然都有点不甘俯首。我实在不能不平心静气的说一句，我很有点私自惭愧，我还是赞美你们，庸人不易做，不知怎的我真个仿佛有点做不上，我还不知道我怎么好。从前有人说夷齐不食周粟，未必不是没有得吃的，乐得做一件大事，也许多少是甘苦之言也。言有尽而意无穷，再谭。

十一

发大愿我也颇有志，但早已过了孩子之年（但据说我佛如来本是一个童子），总怕螳臂当车，就算别人佩服你是一条英雄而自己总知道自己是一个凡夫，做事何必自己取笑？所以大事我总是自己小心，不敢求一时之快意，倘若人生并不长，蜉蝣即夕而死，那倒何妨试验一下，跑到苦行林中，菩提树下，一麻一米，好一个光明相。真是不胜神往之至，反正一日的光阴一首诗便已成功。我不想求上帝保佑我，我总怕孙悟空一棒打下来把个什么怪的原形相摆出来了。中国的圣人说食色性也，我现在所想反叛的只在这一下，原因大概也很简单，大碗吃肉，一股热气腾腾，果真没有第二个简单的办法乎，这个我也知道我要预备一个很大的势力，人一落到静坐而在那里"馋"，我以为是最不大雅的事。至于我到底要坐在什么地方，便是目下最大的一个踌躇。

十二

我总觉得我不好，简直没有法子，关乎人的脾气，我们入世为什么不能同看书一样什么书都可以一看呢，而且道听途说德之弃也，自己也能懂得这个道理。实在是修养不到，未能免俗，亦只有听之而已。从前有一个人走路，在路上给贼人打了一顿，回去哑口无言，人家问你给人家打了怎么说也不说呢？他说一说便俗了，这个神气我虽不怎样的佩服，但觉得很有意思。

讲一句诗

李商隐有一首绝句，题作"月"，诗云：

过水穿楼触处明，藏人带树远含清。
初生欲缺虚惆怅，未必圆时即有情。

这首诗怎么讲呢？我曾考了好些个人，没有一个人的答案同我相同。因此我很有点儿惶恐，难道只有我是对的，大家都不对么？连忙我又自信起来，我确实是对的，请大家就以我的话为对好了。四句诗只有"藏人带树远含清"一句难懂，这一句见诗人的想象丰富，人格高尚。相传月亮里头有一位女子，又相传月亮里头有一株树，那么我们看着像一面镜子似的，里面实藏着有人而且有一株树了。月亮到什么地方就给什么地方以"明"，而其本身则是一个隐藏，"藏人带树远含清"，世间那里有这么一个美丽的藏所呢？世间的藏所那里是一个虚明呢？只有诗人的想象罢了。李商隐的这首诗，要说晦涩晦涩得可以，要说清新清新得无以复加。大凡想象丰富的诗人，其诗无有不晦涩的，而亦必有解人。我真忍不住还要赞美两句，这样说月，月真不是空的；这样写世界，世界真是美丽的。

立斋

谈话

我依然住在两年前的一间房子，捏着两年前的一支秃笔。

我的心

"三千里的长途！一个人！"黄昏的时候，我的妻代我把行装收拾之后，坐在靠窗的椅子上，很没气力的这样说。我好像听了山寺的钟声，余音袅袅，在脑里烟也似的旋转。

"你自己还得清检一遍，怕的有遗忘。"

"不错。只少了那双袜！"

我的妻笑了。

"你笑我的技拙吗?"

"我笑你的吝啬！故意留着。"

"留着，可以；吝啬，我却不承认。我在校时，衣服或袜子破了，不觉也就记起你来了。只要破得不大厉害，总欢喜自己缝着。有一次，正是这傍晚的时候，一只穿上不久的新袜，靠后跟地方破了个小小的洞，我拿针线把它缝起，费了半点钟的工夫，结果把前面没破的地方都联拢了！"

"哈哈！"

我无意间引起妻的大笑——随即归于静默。我也只得把箱子锁就，走到长案旁边，拿起放在案上的相片睄着。妻突然一声，说："最后的一晚，还不去和爹，妈谈谈！"

我的母亲抱住我的侄儿健儿在后房里蹀来蹀去，口里不住的唱着："我不再想念二爷了，我有我的健儿了。"我的父亲倒在床上，右手把头枕着。我一声不出，面床坐着，怕父亲有所嘱咐。坐了一会，仍然只有母亲的歌唱，我以为父亲睡着了，便也跟着母亲蹀来蹀去，不时从后侧伸手摸抚健儿的脸，并且要求母亲："不要把健儿弄睡了，二爷要同他开玩笑。""行装备好没有？洋钱要放在稳妥地方……"父亲突然的开始讲话！父亲的声音，与上午大不相同，好像被风伤了似的，亏他还有勇气说什么"男儿志在四方"哩！

由家动身，首先要经过的地方是孔垅，距家计五十里旱程。这天送我来的是一个同我年纪相仿名叫焱的车夫，他的名字，恰巧也同我的乳名一样，我喊他的时候，他总有点不过意似的。焱本是种田人，因为弟兄多，冬春间田里又没有繁重的工作，他的父亲为他特备一辆车，每逢年节前后，迎送行客。我家便是他的老主顾。我们沿途很不寂寞，他问我北京宣统皇帝，我问他弟兄们都有没有媳妇。谈起话来，我几乎忘记了我是刚由家里出来的；话兴断了，我的心又似乎缺欠了什么，同没有装满的袋子摔在地下丝毫不觉着干脆一样。

到孔垅，住在一个相识的饭店里。吃过饭，焱便到别的地方去了。我知道我现在离家一天远比一天，却不想到几时再归来的事，只盼望焱即刻回到店来。我问店主他为什么出去，店主说大约是找转头生意去了。我于是盼望他立刻找着生意，免得空车回去。店里还有一个车夫，也是同日由同地来的，我很惊慌他找着了生意焱没有找着哩！

由小池口坐船过江，同船有七人，他们是一个家庭：那中年约四十岁的男子是家主，另外是他的妻，他的母亲，同他的小孩——一男两女；还有一位老翁，小孩称他"家公"。船舱里满载着破旧的家具，主人告诉我："前几年一个人在九江开店，现在家眷也搬去。"那主妇面貌很丑恶，青布棉袍，外套一件蓝洋布褂，胸部解开，给那最小的——男孩哺乳，这孩子没有戴帽子，头上长了好些疮疤，时常把他的小手抓住他母亲的嘴唇，母亲也就装着咬他的势子把手含着，一面又答应那老翁的话，"什么，爹？"那较大的女孩，坐在她母亲侧边，一丝不动的现出很纯和的样子，那男孩把乳吃完了，面向着她，用手抓住她的头毛，她顺手打他一下，他便哭起来了，母亲没有法子止住他哭，那祖母假装打那大的女孩，把孙儿接在怀里，拍着使他睡。那主人很专心的同那老翁谈到岸怎样搬上家具的话，不理会孩子们的吵闹，只有那较小的女孩伏在他背上，现出父亲很是疼痛她的样子。我看了这情境，心里很舒服。船到江中间的时候，打一声喷嚏，痴想："我的家人在那里计算我的路程罢？"

早八点钟到九江，轮船要等待晚上十点钟。饭店里住着，很感孤独，想起那车夫焱同那渡船上的家庭，觉得这是不再容易得着的幸福了。一个人沿着江岸散步，望见将要开到对岸去的船只，便凭着江岸铁栏睄着上船的搭客——尤其是女搭客。最后走到前面"玩洋片"的游戏的人群中，我的寂寞无所依归的心又得着伴侣了。这游戏逢着年节最盛行，因为这时候差不多每个人身边少不了带铜子，花一枚两枚，大家都不大爱惜，只不过大人们监督孩子不要看那所谓的"淫片"罢了。现在正是那没有"淫片"的，看的人非常拥挤，最多的还要算妇女同小孩，我所忘记不了的，是那两个"洋片"主人中的一个。他的年纪大约不过十六岁，那天真烂漫的笑容，同那北方的刚强小孩的清锐的唱声，实在有说不出的可爱。他的用铁链系着的小狗，也伏在他身旁，看客稀少的时候，他便双手把狗抱着。我也花两枚铜子看了一遍，片子有几张也颇好，然而我的本意不在此。站在他对面唱的，大约是他的父亲，休息的时候，他们俩就在那里吃饭，一碟鱼放在架子上做菜，剩下的鱼头同尾巴，他摔给他的狗。

这天由九江上轮船的客很多，我因为来迟了一点，买的又是统舱票，找了几遍简直找不出一个铺位。后来有一个茶房说，铺位有一个，要先把酒钱讲定！我不禁又记车夫焱来了。我的父亲在家里同他约好，工钱回家给，饭店里由我任意给他几个零用。我给他的时候，问他够不够用，他笑着说："多着哩！"——并不是谦套。"我的故乡的车夫呵！"我在舱里百无聊赖的想。当晚那茶房同由蕲春下船的客人争酒钱，我又小孩子盼望糖果似的默祝那客人多花几个哩！

统舱里的铺位，一层高比一层，妇女坐舱，一定要坐在最低层。我的铺位底下，便睡着两夫妇。他们的行李很脏，表明是从远方来的行人。据男子的话，山东人，由上海搭船，到武昌找朋友谋差事。这男子的年纪，至少要比女子大三十岁，十个指头都带烟黄色。女的面孔，到第二天清早起来同男的一路到舱外去的时候，我才看清白；以前同回到舱来以后，她倒在那阳光射不进的角里，除掉男子叫她让他进去的时候应允一声外，我没有听见她讲话。我的心阴郁起来了，以为天下最大的罪恶是，长满了胡须的男子同青年女子的接吻了。

同船还有一个女子也使我忘记不了。这女子并不在我们那一舱里，却时常在我们面前走来走去。她的服装很不讲究，久住都会的样子却看得出，听她的话音，大约是下江人。当她走过我们面前的时候，三四个茶房都拍掌大笑，我不大懂他们的话，好像是说："自己不照照镜子！"久坐舱内，心里很不畅快，出去倚着栏杆，远眺青山，低头看流水。听见茶房们笑闹，又走进舱来，原来他们在那里扯那女子！那女子恰巧站在舱门口，脸上有几颗麻子！汉口下船的时候，我站在趸船上喊挑夫，望见由楼梯下来了一个穿着很时髦衣服的姑娘，走近我面前，原来就是在船上被茶房嘈弄的那一位！我的心此时又阴郁起来了。

由汉口上火车的时候，遇着一位从前在武昌也会过几面的朋友，他也是往北京去的。这位朋友，往常虽然没有同他多交谈，我却不大欢喜，而且有点嫌恶他的为人，现在为旅路方便起见，也很乐意同他坐在一块。我没有预备车上吃的杂粮，饿了的时候，约他一路到饭车去买饭，他微笑着说："你去，我不饿。"我于是一个人去。从我们的

166

座位走到车尾，只瞧见了厨房，没有找着饭车，厨役说："饭车没有挂，要吃饭，请归座位。"我于是又回转头来。将进我们坐着的那辆车的时候，望见我的同伴背着我进来的方向一个人坐在那里吃蛋糕——似乎是由汉口带来的。我恐怕惊动了他，退到铁栏旁边站候一会。后来他同我谈他近年家况，娶妻了，生孩子了，以及妻怎样能干，孩子怎样可爱的话！我顿时被一瓢冷水惊着似的，毛发耸然！忏悔吗？又好像新从黑暗里挣扎出来；满足吗？却又实在在那里忏悔！

老实说，从这回以后，我才了解了"爱"的意义，我的心在世界上也有了安放的位置了。

一九二三，三，二四，作于北大西斋

说　梦

　　S笑我的一支秃笔，我可觉得很哀，我用他写了许多字。

　　我想，倘若我把我每篇文章之所以产生，写出来——自然有些是不能够分明的写出来的，当是一件有意义的事，或者可以证明厨川白村①氏的许多话。好比我写《河上柳》，是在某一种生活之中，偶然站在某地一棵杨柳之下；《花炮》里的《诗人》，是由某地起感。我的朋友J曾怂恿我这样做，但这又颇是一件寂寞的事呵。

　　记得什么人有这样意思的话：要多所忘却。真的，我

---

① 厨川白村（1880—1923），日本文学评论家。

忘却的东西真不少，都随着我过去的生命而逝去了。我当初是怎样的爱读《乡愁》《金鱼》（俱见周作人先生《现代日本小说集》）这类作品，现在我连翻也不翻他一翻。我的抄本上还留下了不少的暗号，都是写《竹林的故事》时预备写的题材，现在我对着他们，正如对着一位死的朋友，回忆他的生前，哀伤着。《竹林的故事》《河上柳》《去乡》，是我过去的生命的结晶，现在我还时常回顾他一下，简直是一个梦，我不知这梦是如何做起，我感到不可思议！这是我的杰作呵，我再不能写这样的杰作。

我当初的天地是很狭隘的，在这狭隘的一角却似乎比现在看得深。那样勤苦的读人家的作品的欢喜，自己勤苦的创作的欢喜，现在觉得是想象不到的事了。但我现在依然有我的欢喜，此时要我进献于人，我还是高兴进献我现在的欢喜。不过我怕敢断定——断定我是进步了。

我曾经为了《呐喊》写了一篇小文，现在我几乎害怕想到这篇小文，因为他是那样的不确实。我曾经以为他是怎样的确实呵，以自己的梦去说人家的梦。

我此刻继续写《无题》，我也还要写《张先生与张太太》这类东西。就艺术的寿命说，前者当然要长过后者，而且不知要长过几百千年哩。但他们同是我此刻的生命，我此刻的生命的产儿，有时我更爱惜这短命的产儿。好罢，我愿我多有这样的产儿，虽然不久被抛弃了，对于将来的史家终是有一点用处的。（附说一句：我对于梅兰芳君很觉歉仄，因为《张先生与张太太》那篇文章里我提起了梅君的名字，梅君那样的操业是只能引起我的同情的。）

我的脾气，诚如我的哥哥所说，非常急躁，最不能挡住外来的激刺，有时真要如"石勒的杀人"——我到底还是我罢，《石勒的杀人》不终于流了眼泪吗？

我有时实在一个字也没有，但我觉得要摆出一张白纸。过了几个黑夜，我的面前洋洋数千言。

最高兴我的文章的是我自己。最不高兴我的文章的是我自己。

有许多人说我的文章obscure①，看不出我的意思。但我自己是怎样的用心，要把我的心幕逐渐展出来！我甚至于疑心太clear②得厉害。这样的窘况，好像有许多诗人都说过。

我最近发表的《杨柳》（无题之十），有这样的一段——

---

① 意为"晦涩、费解"。
② 意为"清楚、明白"。

小林先生没有答话，只是笑。小林先生的眼睛里只有杨柳球——除了杨柳球眼睛之上虽还有天空，他没有看，也就可以说没有映进来。小林先生的杨柳球浸了露水，但他自己也不觉得——他也不觉得他笑。…………

我的一位朋友竟没有看出我的"眼泪"！这个似乎不能怪我。

佐藤春夫很有趣的说道：

"一个人所说的话，在别人听了，决不能和说话的人的心思一样。但是，人们呵，你们却不可因此便生气呵。"

是的，不要生气。

我有一个时候非常之爱黄昏，黄昏时分常是一个人出去走路，尤其喜欢在深巷子里走。《竹林的故事》最初想以"黄昏"为名，以希腊一位女诗人的话做卷头语——

"黄昏呵，你招回一切，光明的早晨所驱散的一切，你招回绵羊，招回山羊，招回小孩到母亲的旁边。"

不知从什么时候起黄昏渐渐于我疏远了。

艺术家要画出丑恶的原形相，似乎终于把自己浸进去了。这是怎样一个无心的而是有意义的事！

创作的时候应该是"反刍"。这样才能成为一个梦。是梦，所以与当初的实生活隔了模糊的界。艺术的成功也就在这里。亚里士多德说：艺术须得常是保持 "a continual slight novelty" ①。西蒙士（A. Symons）解释这话道："Art should never astonish." ②这样的实例，最好是求之于莎士比亚。莎士比亚的戏剧多包含可怖的事实，然而我们读着只觉得他是诗。这正因为他是一个梦。

不要轻易说，"我懂得了！"或者说，"这不能算是一个东西！"真要赏鉴，须得与被赏鉴者在同一的基调上面，至少赏鉴的时候要如此。这样，你很容易得到安息，无论摆在你面前的是一座宫殿或只是一个茅舍。

有时古人的意思还没有说出罢，然而我看出了，莫逆于心。这一类的实例举不胜举。记得有一回我把这一首诗指给一个友人看——

---

① 意为"一种持续而轻微的新奇感"。
② 意为"艺术永远不应该令人惊讶。"

忆我少壮时，无乐自欣豫。猛志逸四海，
骞翮思远翥。荏苒岁月颓，此心稍已去。
值欢无复娱，每每多忧虑。气力渐衰损，
转觉日不如。壑舟无须臾，引我不得住。
前涂当几许，未知止泊处。古人惜寸阴，
念此使人惧。

  我对着我的朋友笑道："你读了陶渊明这个'惧'字作
如何感呢？我真是一则以喜，一则以惧！"然而解诗者之所
云，了不是那么一回事。难怪他们解不得。

  有时古人只是无心的一笔罢，但我触动了，或许真是
所谓风声鹤唳。这个有很大的道理存在其间。著作者当他
动笔的时候，是不能料想到他将成功一个什么。字与字，
句与句，互相生长，有如梦之不可捉摸。然而一个人只能
做他自己的梦，所以虽是无心，而是有因。结果，我们面
着他，不免是梦梦，但依然是真实。

  我读莎士比亚，常有上述的情况。Hamlet①的"dying
voice"②，是有心的写还是无心呢？但这一句，Hamlet的

---

① 哈姆雷特，莎士比亚戏剧《哈姆雷特》中的人物。
② 意为"将死之言"。

最后一句——

The rest is silence.[①]

在我的耳朵里常是余音袅袅。

那之前，Hamlet 对他的朋友道：

……What a wounded name,

Things standing thus unknown, shall live behind me.

If thou didst ever hold me in thy heart,

Absent thee from felicity awhile,

And in this harsh world draw thy breath in pain,

To tell my story.[②]

说到这里，远远听见——倘用中国话，应该是敲战鼓
罢，道：

---

① 意为"此外仅余沉默而已。"（朱生豪译）这是哈姆雷特死前说的最后一
句话。

② 要是世人不明白这一切事情的真相，我的名誉将要永远蒙着怎样的损伤！
你倘然爱我，请你暂时牺牲一下天堂上的幸福，留在这一个冷酷的人
间，替我传达我的故事吧。（朱生豪译）

What warlike noise is this? [①]

就全剧的结构说，到此本应有此插入，但我疑心我们的诗人兴酣笔落，落下这"Warlike noise"！至少这一个声音在我的耳朵里响得起劲。

如此类，很多。在 *King Lear* [②]这出戏里面，Edgar 回答 Gloucester 道：

Y'are much deceiv'd; in nothing am I chang'd But in my garments. [③]

情节本是如此，Edgar 换了新装，著者自然要这样叙述。然而触动了我。

《儒林外史》的作者未必能如我们现代人一样罢，然而我此刻时常想起了他。这时我也就想起了《水浒》。不管原著者是怎样，我实是同一心情之下怀念这不同的东西。

---

① 这是哪儿来的战场上的声音？（朱生豪译）
② 《李尔王》，为莎士比亚创作的戏剧，Edgar 与 Gloucester 为剧中人物格洛斯特伯爵与格洛斯特之子埃德加。
③ 您错啦；除了我的衣服以外，我什么都没有变样。（朱生豪译）

世间每有人笑嘻嘻的以"刻画"二字加在这种著者头上，我却很不高兴听。自然，刻画我也不想否认。

有人说，文艺作品总要写得 interesting。这话我也首先承认。

我从前听得教师们说："莎士比亚，仿佛他经过了各种各样的职业，从国王一直到'小丑'，写什么像什么。"我不免有点不懂，就决心到莎士比亚的宫殿里去试探。现在我试探出来了，古往今来，决不容有那样为我所不解的似是而非的说法！我只知有那一个诗人，无论他是怎样的化装。偶见西蒙士引别人的话评论巴尔扎克，有云：

"简括的说，巴尔扎克著作中的人物，那怕就是一个厨役，都有一种天才。每个心都是一管枪，装满了意志。这正是巴尔扎克自己。外面世界的一切呈现于巴尔扎克的心之眼，是在一种过分的形象之下，俱有一种有力的表现，所以他给了他的人物一种拘挛似的动作；他加深了他们的阴影，增强了他们的光。"

这个我以为可以施之于任何作家。有时看起来恰是相反，其实还是一个真理——我是想到了契诃夫。此刻我的眼前不是活现一个契诃夫吗？

波特来尔①说：所有伟大诗人，都很自然的，而且免不了的，要成为批评家。又说：那是不可能的，为一个诗人而不包含一个批评家。

这本是一个极平常的事实。波特来尔自己就给我们做了一个模样——他之于亚伦坡②。

与上面的话同在一书之中，有弗洛倍尔③写给波特来尔的一封信，是他，那白玉无瑕的小说家，读了他的 *Les Fleurs du Mal*④而写的，我很高兴的译之如下：

"我把你的诗卷吞下去了，从头到尾，我读了又读，一首一首的，一字一字的，我所能够说的是，他令我喜悦，令我迷醉。你以你的颜色压服了我。我所最倾倒的是你的著作的完美的艺术。你赞美了肉而没有爱他。"

"不薄今人爱古人"，此是有怀抱者的说话。记得鲁迅先生以此与别种不相称的句子联在一起，当是断章取义。

"国朝盛文章，子昂始高蹈。"我有时又颇有此感。

一九二七，五，十九

———————

① 波特来尔，现通译为波德莱尔（1821—1867），法国诗人。

② 亚伦坡，现通译为爱伦·坡（1809—1849），美国作家、文艺评论家。

③ 弗洛倍尔，现通译为福楼拜（1821—1880），法国作家。

④ 为波德莱尔著作《恶之花》。

死者马良材^①

读了《随感录》四十，岂明先生的《偶感之四》，我又记起马良材君。马良材君我是时常记起的。马君，湖南人，我同他本不相识，只在他的同乡S君处会过几面，看出他是一个苦于现代的烦闷的青年，生气勃勃的青年。那时他刚刚卒业于中学，到北京来求他的路，求他的生之路。他问过我，青年应该怎样？他要怎样？他说话有点口吃，这只表示他的迫切，迫切得要吊眼泪。后来马君到上海去了，

①马良材，即马缉熙（？—1927），湖南人，1927年被国民党反动派逮捕，不久惨遭杀害，曾在报刊上发表《孙中山永不会死去的》《文艺与革命》等作品。

我也没有留心他的消息。去年夏，S君拿出几封信我看，是马君写给他的，我才知道马君已经实际的参加社会运动了。此时我对S君笑了一笑：

"很好，他得了他的路。"

字里行间我依然看得出他的烦闷，他的热力：现在只向S君索来马君在上海被杀以前写来的信，照录于此——

"我于四月三十号被逮，现在已决定大半会要去阴间了。几年来的（？），今日宣告满足我自杀之愿，快慰曷堪言喻！？请替我浮一大白罢，当你接到了此信之后。祝你身心愉快！"

马君正是中国现在的青年！

作　战

　　记得辛亥那年，我是十岁，我的哥哥告诉我黄兴在武昌做大元帅，并且称述他是怎样的一个英雄，我听了真是摩拳擦掌，立志要做这么一个英雄。一天我的堂兄从学校回来，他说他听见人家说武昌招募学生军，"我们也去吗?"我们真是忘了形，以为自己是赳赳的一个武夫，并不是晚上睡觉还要"来尿"的小学生，从父亲柜子里偷拿几张台票，跑去当兵。

　　我们的确也走了十里路之遥，走到那里，倘若真去就要上船了，然而我蹲在地下哭起来了，我的堂兄替我揩眼泪，牵我回家。

　　这一段小小的"传奇"，颇足以做我过去生活的纪念，因为我后来完全没有那杀敌斩将的英雄气概了。提起"革命"，我总有点愧于心而不敢出诸口——我是怕杀掉脑壳的，而我又总把"革命"与"杀掉脑壳"连在一起。我的小孩时的朋友，真有几个在当兵，越发使我自惭，前年我预备出小说集子的时候，颇踌躇不决，我觉得这不像我所做的事了。

然而人世的经验，我一天多比一天了，我所见的革命志士，完全与我心里的不一样，我立刻自认我已经是一个革命志士！——除掉白刃架在脖子上以为是可怕，我还差了什么呢？

不知从什么时候起，这一"怕"似乎也渐渐的消灭下去了，而我也并不嘲笑从前的"怕"，因为在我是同一的来源——我自己觉得如此，正如感到一切的苦甜一样。

从此我毫不踌躇的大胆的踏上我的"战地"——这两个字我用来真是充分的愉快，对得起血肉横飞的战地上的我的朋友。

我依然住在两年前的一间房子，捏着两年前一支秃笔。

"公理"

记得罗素先生的 *Principles of Social Reconstraction*[①] 上有这样意思的话：倘若有一种国际的联合，裁判甲国与乙国间的争端，最好是不要讲什么公理，只估量他们如果打仗结果是怎样，裁判便也怎样。

罗素不讲公理吗？自然不是的，他有他的深意。

我现在只是断章取义的来谈一谈"公理"，至于罗素先生的本意是什么，不在话下。

"公理"摆在面孔上面，是咱们中国人的特长，试一翻

---

① 即罗素的著作《社会改造原理》。伯特兰·罗素（1872—1970），英国哲学家、数学家、逻辑学家。

历年内争的电报，一定可以发现出许多。推而至于什么"水平线"呀，"标准"呀之类，尽管名色不同，都是吾道一以贯之。而我是始终不测其高深的。

如要勉强附会，我从圣经贤传上也得出了一条公理——这如几何学上的公理，如下：

"尔安则为之！"

这是怎么讲呢？比方有一桩事，要做了才爽快，我马上就去做，其义一；又如大家爱国，我却坐在书房里抽烟卷，也不怕人家骂我冷血，其义二。

所以我的公理其实就是"偏见"，你如要替我换招牌。

写毕附记：这几天竟一发不可收拾的讲了许多闲话，虽然没有多花时间，心却跑到腔子外面去了，太不上算，自即日起，还是躲在"研究室""推敲作品"。

《骆驼草》发刊词

　　我们开张这个刊物，倒也没有什么新的旗鼓可以整得起来，反正一晌都是于有闲之暇，多少做点事儿，现在有这一张纸，七天一回，更不容偷懒罢了。

　　不谈国事。既然立志做"秀才"，谈干什么呢？此刻现在，或者这个"不"也不蒙允许的，那也就没有法儿了。

　　不为无益之事。凡属不是自己"正经"的工作，而是惹出来的，自己白费气力且不惜（其实岂肯不惜呢？），恐怕于人也实在是多事，很抱歉的，这便认为无益之事，想不做。

　　专门的学问这里没有，因为我们都不专，但社外的关乎学术的来稿，本刊也愿为登载。

文艺方面，思想方面，或而至于讲闲话，玩古董，都是料不到的，笑骂由你笑骂，好文章我自为之，不好亦知其丑，如斯而已，如斯而已。

"乐莫乐兮新相知"，海内外同志，其给我们这个乐乎，盍兴乎来。谨此祝福。

闲　话

我也想来讲讲闲话，但"人格"担保，将来并不借此出一本书，或者留芳，或者遗臭，甚而书未成而名已传，与世界上的大文豪写在一块儿，那么，"人而无耻，胡不遄死"！这是我的一位老乡当我的面骂人的话，他的身体不好，而又不安寂寞，我劝他"你就把你的心得随便写下一点来也是好的"，他就把这两句话答复了我，他是拿著述当名山事业的，宁可一字没有，不同世上的人一样不要脸，连我也在内。既然也骂了我，然而我并没有生气，我虽不能完全同意，对于这个意思总是尊敬的，而且看得他老人家弄得一身是病，我实有点儿悲哀，别无话说了。

然而我恐怕连闲话也讲不好，因为我是爱偷闲的，有个空儿便跑到公园去看看风景，或者十字街头看打架。我又是惜光阴的——那么你干什么呢？是不是躲在象牙之塔里面呢？你不要同我开玩笑，暂时严守秘密，不便宣传。

然而我想替《骆驼草》开一个方便之门，闲话仍要大讲一通，抛砖引玉，自告奋勇。

不愉快的事，因了郁达夫、鲁迅的《中国自由运动大同盟宣言》，我刺了鲁迅先生一下。郁达夫先生呢，那实在是一个陪衬，因为他名列第一，割不断，他本来是一个文人，凡属文人我就觉得我不能同他有话说了。

我时常同朋友们谈，鲁迅的《呐喊》同《彷徨》我们是应该爱惜的，因为我认为这两个短篇小说集是足以代表辛亥革命这个时代的，只可惜著者现在听了我的这句话恐怕不高兴了，倘若如此，我以为错在他，不在我。我以为我的这句评语是衷心的赞美，不胜恭敬，著者也足以受之而无愧了，可慰他多年的寂寞与沉默。与著者同时代的，除了这两本书没有别的书。辛亥革命打的旗帜是民族革命，而民族革命的内容是"排满兴汉"，一般革命家都以为只要这四个字办到了革命便已成功了，《呐喊》《彷徨》的著者，那时正是青年，已经感到了事情不是这样简单罢，孤独罢，感到了中国民族的悲哀的人是孤独的。沉默了好几年，等到"革命成功"之后，给了这两本小说我们看，而我们看见的是那时的一位先觉了。我们生得稍迟，等到年纪稍大了一点，对于那时的一位孤独者，是如何的有一种亲切之感！

"阿Q时代已经过去了"，大家都这样喊，那自然是最好不过的，但这没有关系，只是，"前驱"与"落伍"如果都成了群众给你的一个"楮冠"，一则要戴，一则不乐意，那你的生命跑到那里去了？即是你丢掉了自己！这自然也算不了什么，但我总觉得是很惋惜似的。《坟》这个杂文集，里面也有很好的文章，我一想起这个书名字我就很惆怅。凉风起天末，君子意如何？

新近我才明明白白的懂得一个道理。其实只是一句老话："日光之下无新事。"花样自然是层出不穷，日日翻新，如果我们站得远一点，拿个显微镜照一照，看出它依然是那一套货色。这个岂能自喜？亦不必生悲。事实是这样，无可如何的。

人类有一个多数与少数，过去的历史告诉我们是如此，将来大概也如此罢，正同"凡人皆有死"一样。看历史是容易感着兴味的，就算它讲的是我们的祖先，依然不能不动心，然而总比较的保持镇静，不会入漩涡。替古人担忧是有的，同死人去争——世上总没有这么一个愚人罢。这一个"争"字非同小可，是少数渐渐加入多数的一个原因，就是所谓利害的关系，不然，明若观火的事，一是一，二是二，何致于贤者都变成了愚人呢？做人得要谨慎，有所戒惧。人类以外的传染，好比病菌，那么讲不了卫生，只好听天由命，咱们自家的传染，即是说"群众"两个大字，我们是可以站得起一点。

闲　话

　　人总应该做点事才对。孔子曰："君子疾没世而名不称焉，"我想也无非就是做个人总要做点事的意思，圣人之徒则钻到那一个"名"字里头去多事，大不安心，生出他的有意义的讲法，其实这一位"万世师表"未必不比他们平庸多了。我们平常骂人，说你白活，可惜这两个字实在讲不通，怎么叫"白活"呢？你怎么能够呢？

　　Hamlet，反攻一切，总算是"看穿"了，然而，人之将死，再三叮咛他的朋友把他的"故事"传出去，以一个 wounded name① 为遗憾。"太上忘情"，恐怕也一样的是一

---

① 意为"受损的名誉"。

句诗。

我时常想着一种人，不由得起一个敬意。斯人也，路人也，不胜光荣之至，而得见于经传——

"子路从而后，遇丈人，以杖荷蓧。子路问曰：'子见夫子乎？'丈人曰：'四体不勤，五谷不分，孰为夫子？'植其杖而芸。子路拱而立。止子路宿，杀鸡为黍而食之，见其二子焉。……"

人生的意义这里实在是有的，寂寞，辛苦。

有本事就做一个鲁莽的鲁智深和尚那也是好的，跑到相国寺去管菜园，然而这与泼皮们的饭碗攸关，几乎没有拖下粪窖。然而这一群泼皮也未免太是"古风"了，心悦诚服，破钞请起师父来，酒席场上，好说好笑，师父的本领也真太大了，给你们一个玩意儿看，一拔就把一棵树拔起来了，真是不亦乐乎，鄙人心向往之。

"知道你自己！"这一句老话实在有点儿耐思索。论理，生在达尔文之后的我们，应该多知道一点自己了？然而不然。人为万物之灵，或者就在于他不安分乎。

唉，一提这话，不由得记起一件往事，颇自喜的。然而也何必呢？叫花子拾得一块铁，持以语人！然而说一说也无妨的。记不清正在那里干什么，好像是预备来情书一束的，忽而受了什么刺激，很英雄，要投笔从戎，诚诚恳恳的去请教于老师，老师婉劝道："希腊有一句名言，'知道你自己'。人大概是有所长，有所短，甲做甲的事情或者有点用处，若去做乙的事，未必于事有济。"我俨然知道我是受了一大打击，冷清清的回去了。不过三天我就自己发笑，你这个东西中什么用，真是癞蛤蟆要垫床脚，同天鹅肉一样的不必想吃也。而不久拉我结伴的两位好汉都从塞外逃归了，愤慨于那里的将军专门打屁股，能挨板子者便能升官。我劝他不要多说话，结果要我拉他们上便宜居去洗尘。"葡萄美酒夜光杯"，在我终于倒也是一个很好的理想之国了。我的朋友现在不知都到那里去了？

古往今来倒也真有知道自己的。一个人到了"遗嘱"的资格，我们真可以恭敬的一领教了。我且把这个遗嘱钞在下面：

"曾子有疾，召门弟子曰：'启予足，启予手。诗云，战战兢兢，如临深渊，如履薄冰。而今而后，吾知免夫。小子'！"

闲　话

一

　　限即刻起闲话项下以数目字标之。我本来不配讲闲话，刚毅木讷是我的本色，花言巧语则是学得的一点工夫。然而要这样说者，实在是省得起题目之难，而且我不能话长，一话一标题，未免把《骆驼草》的目录那点地盘弄得太挤了。这样原因说明了，然而似乎不好意思成一段话，夫《骆驼草》算得什么？它是一个孤孽子，寿命能够多长，首先它自己就没有把握，它知道那一个"活该！"挨骂是它的预算，"打倒"也是它的预算，卖不出钱来那它自然就倒了。天下英雄好汉幸勿专门咒诅则个。

二

昨夜鹤兄自大明湖上飞来，说，人无好坏，有高下，也就是说雅俗，听了我很是中意。"吾家"君培亦不觉举杯相庆哩。这里自然很藏了一个做工夫的意思。话虽如此，我们的鹤兄实是一个天生的大雅君子。

中国的格言说："事无不可对人言。"这话我可不能附和。从我想，一日之内，不必说的话，多则也许有一半罢。这又岂是我们所谓慎言的君子所能了得？做人实在比做文章还难，小时作文，得到一个"明白了当"的批词，只能算是乙等分数，比及格只高一等，心里不大痛快，今之夜，斗室之内，天气殊热得可以，而扇子还没有上市场去卖，想起有一个明白了当的日子，很是心羡了。那时想说不想说的话，什么事都安放得很好了罢。我们为什么总是拖泥带水呢？

说话之间来了一位妙人，他那晓得我此刻的心事呢？说他很佩服我，盯着又问我一句："你尝日也悔不？"我乃哈哈大笑，很是一个高人模样。做人能够做到"不悔"地步，那这人总算是有福气，为己为人算是到家了，可以恭敬他一杯。然而我并不是说他就没有错处，那倒没有什么可喜欢的，乃是说他有错处而并不怎么悔，即是说他已经不大苦了自己——我们都太苦了自己了，是不是？

三

天气热得可以，而间壁的大学生在他的斗室之内打破了天气一声唱：

"实是恨了诸葛亮，他的八卦比我强。"

这当然是周公瑾。我可觉得很有意思，简直不胜其喜欢。我喜欢这么热的天气这一位唱戏的把世间上的骂与恨都唱给我了。

人总是不老实，喜欢乱想，一想又想起孟老先生的话：

"逢蒙学射于羿，尽羿之道，思天下惟羿为愈己，于是杀羿。孟子曰，是亦羿有罪焉。"

这个道理我也实在喜欢。是的，是亦羿有罪焉。

四

中国人还应该拿中国人的话来教训他才对，不妨就到那些陈旧的东西里去抄一点，因为"西方文化"总难得适合这个特别国情，说得他不懂。其实真正的中国话又何曾容易懂？教训又何曾有用？然而毛病总能够容易看得中，子子孙孙总是这一些"可怜悯者"。我这四个字是引了一位科学家的。

昔者顾炎武劝人不要讲大话，只是从这八个字下点工夫："博学于文，行己有耻。"我觉得今之人有闭门造车，大言不惭者，还应该这样教训。上而为天，下而为地，人居其中是一个什么？懂得这一点，那这个人或者还能做点有益之事。可怜，世上都是些螳臂当车，而不知其可笑也。

这位顾先生又有一句："廉易而耻难。"今之人也可以找得出许多例证。

随　笔

一

　　昔者张耀翔先生以"！"这个东西为亡国之象而统计起来，鄙人今日于懒惰之中把拙作拿来检查一下，欣欣然色喜，显然的"！"这个东西一天一天的减少了。实在的，我简直不喜欢用它，用的时候则都是一些玩笑之句。盖古人学成德立之年，别无长进，这个确实算得一点。

　　还有，别的标点符号，如支点，半支点，我也都不喜欢用，简直的以为是多事，几乎要回到老办法里头去了，剩下一个句读。至于拿古书来加新，那更以为是低能儿做的勾当，鲁莽灭裂，压根儿什么也不懂。

二

　　做文章用典故，殊是一个有意义的事，可惜道理不大容易懂，而文章也就不容易做，有意义的事也就容易变得无意义了。多年以前，正是大家努力做白话文的时候，有人说古文也岂可反对人做，因为世间有英雄，凡人拔一根毫毛不得，鲁智深可以倒拔垂杨，我当时恰好是一个新旧之间的青年，很被这一个有意思的典故打动了。某一篇文章里面，用了唐有壬先生的"从尸从穴"的典故，说这是嘲笑唐先生，我看那实在不必如是说，只是那个作文章的人太是古典派了，没有这个典故那他的措词恐怕有点为难了。

　　古文中的典故，恐怕也不容易得作者的用心，这也殊是一个可以消遣的审查，在我至少可以抵得证几何那样可喜。高明的作者，遣词造句，总喜欢拣现成的用，而意思则多是自己的，新的，这也是典故的存在的理由之一。"我是梦中传彩笔，欲书花叶寄朝云"，李义山咏牡丹诗中的句子，我以为其中有非其人道不出的意境，词句的自然现得他不费力罢了。昨夜与友人谈杜甫"古来存老马，不必取长途"两句，我说这两句话很见他这一个老年人的悲哀，而与原来的出典不相干，解诗者多有可笑的。吾友曰然云。

198

随　笔

一

　　有一个好意思，愿公之于天下同好。古人盖不可及矣。来者我实在没有那个意思，因为我同他无情。这个意思我也就很喜欢，觉得真正是有得之言。然而劈口说我有一个好意思，尚没有想到来了这么几句。那个意思其实只是一句话：我们总要文章做得好。列位听了恐怕不免有点失望，这么一句普通的话，然而在我实是半生辛苦才能写这一句有意思的话。做文章有一个普通的要诀，就是要能够割爱。你的文思如涌，材料一齐都来了，你舍不得罢，但结果你的这一篇文章却未见得做到好处，或者简直是一个大大的损失。所以你最好是让它忘却，或者另外拿一张稿纸把它做一个记号留下来，等应该用它的时候再来用它，那你就一举而两得，一，你没有损伤材料；二，你的这篇文章做得好也。中国是一个文字之国，历来的人都能够讲究做文章，所谓桐城谬种之流，随便拿出他们一篇文章来，你也增减它一字不得，然而材料上则是一个大大的问题，他们不是序寿，就是传烈，总之他们未曾有材料也。这不是我所说的文章。我所说的文章，我们凡夫俗子都有点做不上来，我们得意了就叫，失意也是一种叫，那里还捏得起一支笔。普通人家死了人，搭起台来请和尚念经，和尚也要披上他的法衣，也总要唱得好听一点，只可惜这都是一些职业僧，在北京社会里借这个机会还可以吃得阔人家的厨子做的几碗荤菜，至于说到迷信二字，当初浪漫时期，我倒也有写实打倒之概，如今且不管它了。又好比唱戏，男扮女也好，女扮男也好，我也没有什么成见，讨厌的在于这都是一些"倡优"，有朝一日等我们自己上台去演，大家多少都赏过一点悲欢离合，生老病死，那这个戏应该格外的可以叫好罢，但那时又恐怕很难得约上几个朋友共来唱它一出。我有时也常钻到戏园子里去逛一逛的，锣鼓乱叫之下，每每不期然而然的定睛细看那一个个老弱残兵，我们乡下叫"呵道的"，朝夕守在图书馆的朋友，一定见不到

200

这真正北京人的本来面目了，然而我不禁很是诗人似的起一种遐想，我觉得这在人生舞台上也是很有意义的一份角色，比起大街上以他的残废来求老爷太太可怜的叫花子总有人与非人之分，人为什么一定要那样的难看？然而天下事真是难以说话，这些第几阶级的朋友一样的都不是在那里扮戏，而是乞儿。而这是当然的。我为得说做文章，结果这笔稍稍一放，落到这儿这段小文章难以收题，又怪没有意思，总之我们生而为人，人为万物之灵，而一切有生之伦又实在不能不说这个圆颅方趾的东西是最不忍看的，因为他不好看，衣冠文物一时总谈不上，而且沐猴而冠也是令人难过的事，我们可有把握的是自己可以出门去买一支笔回来，学画羽毛，其实这也未始不是一种保护色。

二

日本森鸥外①说过这样的话，他说他喜欢浏览报章上的文章，尤其是小说，好歹不论，很有趣的可以看得出作者为什么这样的写。不过他似乎是专指了关于性生活方面的文章而说。这个我也很有同感。我们固然以得一篇佳作而

① 森鸥外（1862—1922），日本小说家、翻译家、文学评论家。

浮一大白，不佳也大可撚须而一笑，或者还格外感到一种亲切也未可知，只要它是老实的玩意儿，这就是说不自觉的表现也。记得多年前见到一本孔德学生刊行的刊物，在追悼他们的同学名叫齐可的许多诗文中有一首诗，劈头一句是"齐可是一个大学生"，我觉得很好玩，这一定是一位小朋友的手笔了，回想自己儿时在私塾里上学，把几个比我们大的窗友羡慕得不已，简直就高不可攀。当初宣统皇帝走了，他的一些日记似的东西披露出来，我也觉得有趣，表现得出一种心理。有许多男作家，女作家，都给了我不少的很好的测验，几乎作品愈不成熟得的分数也愈高，此刻还没有得到一个公布的结果。今年暑假《新晨报副刊》发表的一些骂人的文章，很少能够言之成理的，却大都不免于露了马脚出来，作者自己当然是看不出的了。

目下的中国文坛，有日就荒芜之势，自然你也可以说它本来就没有茂盛过。对于新兴者我不想说话，因为那就要说到许多必然的事实上面去，非这篇小文所许，而且我是爱省事的。我的意思只是觉得我们首先关于文学上还太欠用功，因此只要文辞好的作品我就很欣喜的往下看了，但也格外容易起一个不舒服之感。其实我所看的新出版物就很少，暑假中在一位友人处见到今年的《小说月报》一号上面载的沈从文先生的一篇小说《萧萧》，文章是写得很好的了，我一口气读下去，读到篇末叙述萧萧姑娘渐渐到生产之期，人家容易看出她的腹部变化，虽是几句话（原书不在手头，无从引征），我却替这篇文章可惜了，而作者的主观似乎也揭示给我们了，我以为那不免有点轻薄气息，也就是下流。作者的思想到底怎么样？他对于他的主人公到底取怎么一个态度？是不是下笔时偶尔的忘形？我不禁要推想。又如施蛰存先生的《上元镫》，也是文章写得很好的一本书，我也是在一位朋友处见及，读了第一篇《扇》，很欣喜的要往下看去，结果也是掩卷而想——说实话，很令我不愉快了。我觉得施先生的文章很不免有中国式的才子佳人气，或者也就是道学气，或者也就是上海气罢。我特别留意了《闵行秋日纪事》与《梅雨之夕》两篇，题材都是写一个人路上遇着女人，《梅雨之夕》里面引了日本铃木春信的画题，可惜文章做得并不能令我们感得那一种"洒脱的感觉"，而文章是写得很好的。《闵行秋日纪事》有云："我并非是想占有一个女子，我绝没有那个思想，我到如今也还是一个处男……"从艺术上看何以要这样声明？是必须吗？又如云："但我何以要对这个邂逅着的美少女说出这种使人远而避之的职业来，那是连我也不明白当时是被动于那一种概念了。"我从文章看来，觉得作者实在是被动于许多概念，没有达到造成艺术品的超脱心境。又好比叙述汽车上的乘客，有云："比我先上车的这个少年商人与和尚，嘻，真是滑稽似的，和尚底贴身，何以却可坐着一个女尼，两个之间，可有什么关系吗，虽则神色之间是装着不相识似的。"何以必得要有这个"观察"？

再往高处说，下笔总能保持得一个距离，即是说一个"自觉"（consciousness），无论是以自己或自己以外为材料，弄在手上若抛丸，是谈何容易的事。所谓冷静的理智在这里恐不可恃，须是一个智慧。人是一个有感情的动物，这一个情字非同小可，一定要牵着我们跟着它走，这个自然也怪有意思，然而世间也难保没有有本领的猴子，跳得过如来手心。"惠子曰，既谓之人，恶得无情？庄子曰，是非吾所谓情也。吾所谓无情者，言人之不以好恶内伤其身，常因自然而不益生也。"这真是字字有力量，阐发起来恐怕话长，总之这是我所理想的一个有情人，筋斗翻到这个地步那才好玩。我羡慕一种小说，"常因自然而不益生"，我所谓的"自觉"或者就可以这样解法。古今来不少伟大天才，似乎还很少有这样一个，他们都是"诗人"，一生都在那里做梦给我们看，却不是"昼梦"，昼梦则明知而故犯也。因为是天才，当不能拿我们常人的本事去推测，然而我平常也敢于胡乱替人家说梦，结果所得亦不下于普通的测验。道斯托以夫斯基①，巴尔扎克这一类庞大的著作家，我们如果钻到他们的人物里去看，恐怕成绩最大，莎士比亚亦不能例外，因为嗜好的关系，关于他特别成就了我的创作心理学说。我承认莎士比亚始终不免是个厌世诗人，而厌世诗人照例比别人格外尝到人生的欢跃，因为他格外绘得出"美"。莎士比亚的女角色一开口说话我们就最好是留心听，在他的文章里好看的女子扮作男子装束的不止一个，结果那个女子分外的好看。有声有色莫过于 Imogen②，这位少女处处现得一种高贵的女性，当她带上她的宝剑扮一个男孩子出场的时候，开口说道：

> I see a man's life is a tedious one;
>
> I have tir'd myself, and for tow nights togeter
>
> Have made the ground my bed; ……
>
> （我觉得一个男子的生活是讨厌的；我把我自己累了，整整两夜我就躺在地下睡了；……）

她是不能不扮作男装私自奔走出来。这几句话出在她

---

① 道斯托以夫斯基，现通译为陀思妥耶夫斯基（1821—1881），俄国作家。
② 伊摩琴，莎士比亚戏剧《辛白林》中的人物。

的口里只是描写了她的美，而这位作者动不动就是这一套笔墨。Cleopatra①登死之场这样说过：

　　倘若你同自然是这样儒雅的分别，

　　那死的鞭子不过如情人之刺伤，足以伤人，而是盼切的。

　　你真个就不起来吗？

　　这样轻轻一去，那你就告诉世界它是不足以握手一言别了。

　　（请参看本草第七期《死之beauty》一文。）

在"*The Tempest*"②里，作者最后之作，少女Miranda居在一个岛上除了她的父亲没有看见第二个人，后来一个风暴打来一个爱人，最后来了许多人，小姑娘欢喜得叫道：

　　O, wonder!

　　How many goodly creatures are there here!

---

① 克莉奥佩特拉，莎士比亚戏剧《安东尼与克莉奥佩特拉》中的人物。

② 为莎士比亚剧作《暴风雨》，Miranda为剧中人物米兰达。

How beauteous mankind is! ①

　　这自然是相反的一个说法了，然而我以为恰恰足以证明它是一支笔。作者善于描写女人心理，所以她的女人格外好看，因之他的诗也格外做得好。

　　在一篇文章结构之前，作者自然有一个整个的思想流贯其间，及其弄笔生花，则每每又节外生枝，虽然都是好看的。Hamlet 应该是如何的一个性格，然而到了临死的时候，深以一个 wounded name 为遗憾，不甘心人间埋没了他，最后一句话就很有余哀，我们读着就真真的被他感动了，"The rest is silence." 有人或者要说一个人的性格本来是矛盾的，多方面的，何况高深莫测的 Hamlet，所以这是当然的。但我以为不必如此，莎士比亚写到这个地方或者把他所要表现的一个主人公忘记了，忽然碰到"死"这个题目来做文章了。我们从此倒很有趣的看得出作者当时不自觉的流露出来的他对于这个题目的心情。自然，主人公是他的主人公，你说这是 Hamlet 性格的矛盾，又怎么好细细的分辨，事实则恐怕不是这么一个整个的安排耳。我们不妨再从 Romeo 身上考察一下子。Romeo 之将死，在坟

_____

① 真是奇迹！这里有多少好看的人！人类是多么美丽！（朱生豪译）

地之前同Paris^①斗，说道："我请求你，少年人，不要更加我一层罪恶，激我于愤怒：呵，你走开罢，凭了上天，我爱你甚于爱我自己，我来到这里就是为得同我自己宣战：你走开，不要站在这里；你去好好的生活，而且告诉人一个疯人的慈悲吩咐你逃脱了。"我以为这又是莎士比亚遇着"死"而做的文章，与其说是表现他的主人公，不如说是且暂时忘却了，这种描写似乎与Remeo没有必要，这个Remeo倒真有点像Hamlet。在我这很是一个有意义的事。

因此，一字一句完全拿匠心来雕刻的文章，如弗洛倍尔的小说，当然是好的，有时却又感到美中不足。古老的庞大的巨像，不免沾上了一些沙子，沙子里头却又淘出金子来，另外得到一个意外的欢喜，这个欢喜真不算小，不啻翻得了他的一页日记也。总之开卷有得，或者这也最是一个冒险的事亦未可知。

---

① 罗密欧，为莎士比亚戏剧《罗密欧与朱丽叶》中的人物，Paris即帕里斯伯爵，与朱丽叶订婚，最后被罗密欧在坟前杀死。

立斋谈话

一

首先应得解题，立斋这名字怎么来的？言其谈话人将要到了那个"立"起来了之年，而且表示他将来一定还有大大的进步也。有时他觉得他已经是了不得，喜欢夸示他的过往，这个当然是胡闹。去年有一位更是年青的青年，写信给他，他回信有云："人生虽短而艺术则长。然而，短的人生也应该有五十岁月，而我同你刚刚到了一半，这一半里头又做了一半的小孩，紧要的日子在今日以后耳。若今日以前问我们大要成熟，岂不滑稽哉，非愚则妄也。孔子曰，后生可畏也，这一个畏字下得不虚。"当下是安慰朋友，事后平心静气的一想，这几句话实在是偶尔而说中了，拿来做了一段日记。

二

有一位好友跑来问我："你也应该发一点议论才对。"他的意思是当这个议论滔滔的时候。将来我不晓得怎么样，自我执笔以来以至今日，我所最以为苦的就是要自己发议论，人家的议论倒是喜欢看，无论他说得对不对。我觉得讲话是与人无益的，而且古往今来的话又很少说得自己能懂的。我也并不就是说凡话都要与人有用处，知其无用而要讲一讲倒是我格外敬重的，只是我从这里得不着我的"大欢喜"，我就不愿多费工夫了。其实人都是表现自己的，你自然喜欢讲话，我也就是最爱见人就谈天的一个，有时得着的是哑的苦，而多半总是悦乐，一说照例说个半夜不休，所以我们实在不是时间的悭吝者，只是形之于笔墨，总应该是另外的一个东西了，这之间有一个距离，是我们生而为人的一个最大的方便。可惜天下滔滔，就是捏了笔他也还是鹦鹉学舌。我们实在是不欲责备人。

三

　　我近来仿佛才能望见"客观"二字。至于要真正到了那地步，尚要假我以岁月。我想，艺术之极致就是客观。而这所谓客观其实就是主观之极致，所谓入乎内出乎外者或足以尽之。此事殊不容易，因为这个对象是"人生"，也就是你自己也。不同科学是外界的现象。而其能够冷静的把对象捧在手上而观照之，则在两方面都需要老手。有一回听得一位长者说陶渊明的挽歌做得好，当下我肃然起敬，称赞陶诗，那自然是意中事，只是这位长者的意思完全不是我所原来有的了，他很雅致的说给我听，"你看，这个挽歌做得好，他冷冷静静的同想睡觉以后的事情一样，他的儿子将怎么啼，亲戚朋友将怎样送他，平凡得很，一点也没有什么大惊小怪的。"我看一看这位有须翁，他同陶先生差不多上下了。我悟得一个大道理，回头得意得很。

四

"Omit"①这个字很有意思。记得有一位艺术家说过这样的话,艺术家的本领就在于Omit这一个字。我的意思还不在于技巧方面,而在于境界,而在于思想,总之一切。你为什么别的不说而说你要说的这一个呢?这一个你把你的什么都告诉我们了。你说的是一块石头罢,然而你是一个三家村的学究,你是一个经历名山大川而回头的,都看你这块石头怎么样。同是说一朵花,你是一个闺房小姐,你是一个正在恋爱的青年,或者是一个有道法的和尚,或者是一个生物学家,也自臭得出。

五

上回忽而讲到我所谓客观,一个好意思,说得太是将就了,只是我总是觉得向来大家所谓的客观没有那么一回事。我总以为我们缺少一种小说。我们所有的小说,我以为都是小说家他们做的诗,这些小说家都是诗人。他们所

---

① 意为"省略"。

表现的人物，都是主观的。有一位批评家谈弗洛倍尔，可以引到这里作参考。他是讲 *Madame Bovary*① 这部小说，他说这本书他好久不读忘记了，但有一句总不能忘记，写一个人月夜在坟地里，这位小说家有着他所没有的诗情的描写，但忽然来它一下，说这人看见一个人来了，他想起他的马铃薯近来被人偷了，一定是这人了。（大意如此，原文记不清。）他说这才真是弗洛倍尔的句子，这才真是弗洛倍尔的人物。这就是小说家弗洛倍尔把他的诗做给我们看。小说家都是拿他们自己的颜色描画人物。颜色生动，人物也才生动。

---

① 即福楼拜小说《包法利夫人》。

名家散文

鲁迅：直面惨淡的人生

胡适：天下没有白费的努力

许地山：爱我于离别之后

叶圣陶：藕与莼菜

茅盾：斗争的生活使你干练

郁达夫：夜行者的哀歌

徐志摩：我有的只是爱

庐隐：我追寻完整的生命

丰子恺：我情愿做老儿童

朱自清：热闹是它们的，我什么也没有

老舍：有朋友的地方就是好地方

冰心：繁星闪烁着

废名：想象的雨不湿人

沈从文：每一只船总要有个码头

梁实秋：烟火百味过生活

林徽因：你是人间的四月天

巴金：灯光是不会灭的

戴望舒：我的心神是在更远的地方

梁遇春：吻着人生的火

张中行：临渊而不羡鱼

萧红：我的血液里没有屈服

季羡林：微苦中实有甜美在

何其芳：紧握着每一个新鲜的早晨

孙犁：人生最好萍水相逢

琦君：粽子里的乡愁

苏青：我茫然剩留在寂寞大地上

林海音：唯有寂寞才自由

汪曾祺：如云如水，水流云在

陆文夫：吃也是一种艺术

宗璞：云在青天

余光中：前尘隔海，古屋不再

王蒙：生活万岁，青春万岁

张晓风：年年岁岁岁岁年年

冯骥才：生活就是创造每一天

肖复兴：聪明是一张漂亮的糖纸

梁晓声：过小百姓的生活

赵丽宏：闪烁在旷野里的微光

王旭烽：等花落下来

叶兆言：万事翻覆如浮云

鲍尔吉·原野：为世上的美准备足够的眼泪